Prologue

Sur le point de franchir la porte du restaurant, Cesare Durante éprouva le besoin de s'arrêter un instant.

Pour quelle raison ? Il ne savait pas trop. La baie vitrée révélait une salle élégante, un éclairage chaleureux, une clientèle à la mode…

Puis, soudain, l'ironie de la situation lui apparut : enfant, il était souvent resté ainsi à l'écart, à regarder ceux qui possédaient pouvoir et privilèges et qui le tenaient au seuil de leur monde. Adolescent, il avait obtenu une bourse pour étudier dans une des meilleures écoles d'Angleterre, mais il n'avait pas été intégré pour autant. Les autres venaient de familles riches, établies. Lui, il n'était que le fils d'une mère célibataire employée comme nourrice par l'une de ces familles aisées, tout le monde le savait.

Aujourd'hui, tout avait changé. Il était accueilli partout dans le beau monde, il lui suffisait d'apparaître pour qu'on lui fasse place. On l'admirait, on recherchait son attention. Il en irait de même ce soir, car c'était ainsi dorénavant.

Il passa en revue la clientèle du lieu branché où il allait entrer et ne tarda pas à repérer l'homme qui attendait désespérément que lui, Cesare, investisse dans le fonds de placements spéculatifs qu'il gérait.

Laurence Rodney en était presque à le supplier, songea-t-il, un sourire jouant malgré lui sur ses lèvres.

Le jeune garçon qu'il avait été, jeté dans les griffes de l'aristocratie britannique et jugé inférieur en tout, s'était promis de faire payer les gens de cet acabit. Il leur serait supérieur un jour, il les écraserait sous sa richesse. Oui, il ferait fortune, et alors, ils paieraient !

Son regard glissa de Laurence Rodney à sa voisine.

Sa cousine, apparemment… Ah ah ! La ficelle dont usait Rodney était grosse : la jeune femme devait lui gagner les bonnes grâces de son futur investisseur, détourner son attention des réalités de la transaction.

Cesare avait une réputation de don Juan bien établie. Il ne s'en cachait pas, il aimait les femmes, en nombre et en variété. Mais si Rodney avait pensé que la présence d'une beauté le distrairait, il ne connaissait ni la détermination ni la concentration que son invité apportait à ses affaires.

Jemima Woodcroft était aussi belle que sur les publicités où s'étalait son image. La top model se pencha vers son cousin, lui parla, et Rodney acquiesça avec un petit rire. À son tour elle sourit, et l'expression qui passa dans son regard suscita une curiosité immédiate chez Cesare.

Plus que de la curiosité. Du désir. C'était exactement ce genre de femmes qu'il adorait mettre dans son lit : belle, sophistiquée, et s'il en croyait les nombreux articles que les médias consacraient à Jemima, aussi peu fidèle qu'il l'était lui-même.

Sa main fine aux doigts soigneusement manucurés ramena sa chevelure sur son épaule et joua distraitement dans sa nappe soyeuse.

Instantanément, une image naquit dans l'esprit de Cesare : cette main sur son corps, cette peau pâle contre la sienne, et cette masse des cheveux blonds balayant le visage de la jeune femme alors qu'elle le chevauchait, les traits torturés par la passion.

Soudain, la soirée lui parut plus avenante, et il poussa la porte du restaurant, plein d'une attente nouvelle.

Un cœur vainqueur battait dans sa poitrine. Le monde était à ses pieds, il avait travaillé dur pour s'en assurer, et il ne se lasserait jamais de recueillir les fruits de son acharnement.

1.

— J'ai toujours du mal à voir où est mon intérêt là-dedans.

La voix de Cesare Durante était naturellement profonde et voilée, une pointe d'accent italien affleurant à peine sous son anglais d'une parfaite distinction.

Jemima l'observa derrière la frange de ses cils.

Tout ce qu'elle avait entendu sur le milliardaire s'avérait : intelligent, plein de charme, d'un physique à faire pâlir. Et il avait fait fortune seul.

D'où, peut-être, l'arrogance que trahissaient chaque pli de ses lèvres et chaque regard décoché comme une flèche.

Quand il s'était présenté, son nom même avait dissipé l'idée qu'il puisse y avoir la moindre douceur dissimulée sous son torse musclé. « Cesare », avait-il dit, comme s'il lançait un ordre, et le nom prononcé à l'italienne donnait « Tchessaré », évoquant le roulement profond d'une vague qui venait s'écraser sur elle, la privant momentanément de respiration.

— La diversité des actifs du fonds est ce qui lui donne son intérêt, lui répondit Laurence, d'un ton confiant qu'elle savait contrefait.

« Si mes investisseurs découvrent que j'ai perdu le tiers de la valeur du fonds, je suis cuit, Jemima. Il y en a pour cent millions de livres. Il faut que j'embarque Durante, c'est la seule façon de remettre le bateau à flot. S'il te plaît, aide-moi. Je t'en prie. »

Petite, déjà, elle aurait tout fait pour son cousin, mais après la mort de son frère, Laurence et elle s'étaient trouvés liés par le chagrin d'une façon indéfectible. Laurence était le seul à comprendre le vide que ce deuil avait installé dans sa vie et le seul à pouvoir partiellement le combler. Ils étaient de la même famille, deux âmes sœurs qui avaient connu de façon intense la douleur de la perte. Elle ferait tout ce qu'il lui demanderait.

Et il en allait de même pour lui. Elle savait pourquoi il avait tenté des investissements aussi risqués, sinon irresponsables : pour sauver le manoir d'Almer Hall, la demeure familiale. Elle savait l'ampleur de la dette qui rongeait ses parents. Leurs revenus n'y suffiraient jamais. Laurence se tuait au travail et prenait des risques insensés parce qu'il savait ce qu'Almer Hall représentait pour eux, et elle lui en était éperdument reconnaissante.

— La plupart des fonds ont une diversité d'actifs, rétorqua Cesare avec une expression de mécontentement. Je n'ai pas pris l'avion depuis Rome pour me faire servir un discours aussi convenu. Qu'avez-vous d'autre à proposer ?

Jemima sentit Laurence se crisper, et son propre estomac se noua, car elle savait ce que la réussite de cette soirée représentait pour lui. Et pour Almer Hall… Si Durante n'investissait pas dans le fonds spéculatif, c'était la ruine qui attendait Laurence, et certainement un procès pour avoir investi l'argent d'autres personnes de façon si hasardeuse, sans les prévenir de ses choix. Il serait mis en faillite, et ses propres parents seraient ruinés, puisque Laurence ne pourrait plus les aider. Ils avaient déjà tant souffert qu'un nouveau fardeau les achèverait.

Prenant sa flûte de champagne, elle la maintint à quelques centimètres de ses lèvres, le regard pensivement fixé sur l'homme dont tout dépendait.

Ses yeux verts étaient l'un de ses traits les plus remarquables, elle le savait. La première campagne de publicité qu'elle avait décrochée à l'internationale concernait une marque de mascara. Son image avait parcouru le globe, lançant sa carrière.

Elle se pencha vers l'Italien, dardant sur lui toute la puissance de son regard.

— Vous avez pris l'avion aujourd'hui spécialement ?

Sa voix gardait une tonalité légère, intentionnellement.

Laurence s'était montré clair : « Avec toi à mes côtés, cela devient convivial, amusant. Fais tomber la pression, et distrais-le du montant que je lui demande d'investir. »

Faire tomber la pression relevait de l'impossible avec Cesare Durante : alors qu'il se tournait lentement vers elle, elle sentit son pouls s'affoler, son sang se mettre à bouillir. Il lui fallut faire appel à toute sa discipline pour garder une expression neutre.

— Oui, ce soir, répondit-il, la détaillant d'un regard appréciateur. Spécialement pour vous voir…

Il était impossible d'être l'un des mannequins les plus recherchés au monde et de ne pas se savoir belle. Elle l'acceptait. Il devait y avoir dans l'agencement de ses traits, dans l'allure de son corps, quelque chose d'universellement reconnu comme attirant. Elle restait cependant pragmatique : rien de cela n'était dû à ses mérites, l'allure et la beauté ne sont qu'une question de chance, et donc le fait d'être belle ne lui procurait que peu de satisfaction. Elle était nettement plus fière des buts qu'elle avait atteints par un dur travail que de cadeaux du destin distribués au hasard. Elle ne pensait d'ailleurs pas beaucoup à sa silhouette, sauf quand elle recherchait un *look* particulier pour son travail.

Mais à voir Cesare la fixer avec une telle intensité, et ses lèvres pleines esquisser un sourire d'appréciation, elle ressentait une curieuse satisfaction féminine, accompagnée d'une chaleur malvenue. Le regard de Cesare voyagea vers ses lèvres, et il s'y attarda si longuement qu'elle en ressentit un picotement. Un sorte d'éclair la traversa, trahissant quelque chose dont elle avait peu l'expérience mais qu'elle reconnut néanmoins : c'était du désir qui s'emparait d'elle, réchauffant son ventre, brûlant sa poitrine…

— Et vous ? reprit-il, adaptant son langage corporel au sien et se penchant vers elle jusqu'à ce qu'elle soit péniblement consciente de sa proximité. Êtes-vous venue exprès ?

Il n'y avait pas en Cesare un gramme de chair en trop, et pourtant il lui semblait immense, comme s'il occupait tout l'espace du restaurant. Il devait mesurer environ un mètre quatre-vingt-cinq, mais ce n'était pas seulement sa taille qui impressionnait. C'était qu'il semblait taillé dans le roc, ou sculpté dans le bronze. Large d'épaules, puissant et mince à la fois, il exsudait la confiance en soi. Il avait ôté sa veste au moment du dessert, et le tissu de sa chemise de fin coton, d'une extrême qualité, s'étirait légèrement en haut des bras, révélant des biceps bien présents.

Depuis le début, cependant, c'était son visage qui la fascinait. Il semblait ciselé par un artiste d'un exceptionnel talent. Ses traits étaient symétriques, dotés d'un nez aquilin, d'une mâchoire ferme et puissante. Ses lèvres étaient pleines, sa bouche large et expressive. Quand il souriait, ce qu'il n'avait pas fait souvent depuis le début de la soirée, on voyait se creuser deux fossettes autour de sa bouche. Ses yeux observateurs avaient un regard intense, frangé de cils épais et bruns. Ses cheveux de jais, taillés méticuleusement court, contrastaient avec l'ombre de barbe qui dessinait sa mâchoire et qu'elle imaginait rapeuse sous ses doigts.

Elle était habituée à la beauté physique, qui ne l'impressionnait donc pas. Sa vie se passait entourée de mannequins, et elle en venait à rechercher les visages inhabituels, marqués, qui avaient quelque chose de plus intéressant à raconter.

Cesare était d'une beauté pure, et pourtant, il l'intriguait. Elle percevait en lui des choses qui provoquaient le questionnement, enflammaient sa curiosité.

— Jemima habite tout près, répondit pour elle Laurence, sans pour autant réussir à récupérer l'attention de Cesare.

— Vous avez grandi à Londres ?

— Non, dit-elle, clignant des yeux pour échapper à l'emprise de ceux de Cesare. Ma famille possède une propriété dans le Yorshire. Almer Hall, ajouta-t-elle, en partageant un regard avec Laurence à l'évocation du domaine qui serait perdu si les négociations n'aboutissaient pas.

L'expression de Cesar se modifia. Cette fois, elle sentit pointer de l'insolence, vite maîtrisée pour laisser place à une curiosité de bon ton :

— Vous venez de l'aristocratie, alors.

C'était plus une affirmation qu'une question, et pourtant elle se sentit obligée de répondre.

— Il doit y avoir un titre quelque part. Nous ne nous en servons pas.

— Et pourquoi pas ?

— C'est passé de mode, fit-elle avant de prendre une gorgée de champagne dont les bulles la rafraîchirent, soulagement bienvenu alors que le regard acéré de Cesare la brûlait.

— Whisky, Cesare ? proposa Laurence.

Cette fois, l'attention de Cesare se reporta vers lui, et elle exhala un discret soupir de soulagement.

Comme éveillée d'un rêve, elle se rencogna dans son fauteuil.

Quel effet cela ferait-il d'avoir toute l'attention de ces yeux gris acier ? Mais cela, elle le savait, il venait justement de lui consacrer toute son attention. Non, quel serait l'effet d'un désir brûlant dans ce regard ?

Et si elle flirtait avec lui, souriait, lui murmurait une invitation à l'oreille ?

Ce n'était pas la première fois qu'elle ressentait le poids de sa virginité, et une forme d'impatience la consuma.

Si elle avait un peu plus d'expérience, elle pourrait suivre ses impulsions. Après tout, les médias lui avaient accroché depuis longtemps une étiquette de fille facile, alors autant profiter des avantages… Oui, si elle avait la moindre expérience, elle se laisserait tenter, en dépit de ce que cela pourrait signifier pour Laurence en termes de complications.

La voix profonde de Cesare prononça le nom d'un whisky qu'elle ne reconnut que parce qu'il coûtait un prix ridiculement élevé. Laurence en commanda deux, et avant que le serveur ne disparaisse, Cesare se tourna vers elle, lançant son pouls dans une course folle.

— Le champagne vous suffit ?

Elle sentit son cœur s'emballer.

C'était de la folie, mais en dépit de toutes les raisons qu'elle avait de rester à distance, son buste, de lui-même, se porta vers lui.

— Oui, merci…

N'avait-elle pas croisé assez de stylistes, de photographes, de rédacteurs de magazine qui la croyaient prête à tout pour faire avancer sa carrière ? Elle n'avait que quinze ans, qu'elle avait déjà appris à dire non sans vexer personne. Au fil du temps, elle avait peaufiné sa technique. Les gens s'apercevaient à peine qu'elle refusait ce qu'ils offraient – sexe, drogues, alcool, orgies –, et ils continuaient de penser du bien d'elle.

Mais elle sentait un danger dans la personne de Cesare, un côté sombre qui l'attirait, la rendait vulnérable. En cet instant, elle n'aurait rien désiré tant que d'être ce que le monde croyait – une femme expérimentée qui saurait exactement quoi dire à un homme comme Cesare pour qu'il couche avec elle.

La simple évocation de cette possibilité la fit tressaillir, et elle se leva brusquement.

— Tout va bien ? s'enquit Laurence.

— Aucun souci, je reviens.

Elle plaqua un sourire sur son visage et fit de son mieux pour marcher calmement jusqu'aux toilettes. Là, elle s'adossa au mur de marbre et ferma les yeux.

Elle ne reverrait sans doute jamais Cesare après cette soirée. Elle n'était ici que pour une raison : aider son cousin à convaincre Cesare d'investir. C'était trop risqué de continuer à le dévisager et d'imaginer ce que ses longues mains lui feraient ressentir si elles couraient sur sa peau nue ! Le rouge lui monta aux joues à cette idée.

Elle savait que ce serait bon, et mieux que cela encore.

Mais elle ne pouvait ruiner la soirée pour suivre ce caprice, il fallait qu'elle se reprenne !

Elle prit une large inspiration et vérifia son image dans la glace avant de remettre un peu de son rouge à lèvres couleur corail tendre et de passer la main dans la longue frange qui ombrait la moitié de son visage.

En revenant vers leur table, elle avisa sur son chemin un énorme bouquet de lis qui ornait une console et esquissa un sourire nostalgique.

Quand elle était petite, il y avait toujours de gigantesques bouquets dans les couloirs d'Almer Hall, aussi odorants que celui-ci. Leur parfum puissant la ramenait à son enfance, quand elle courait vers ses grands-parents le long du vaste corridor. Elle s'arrêta le temps de caresser une corolle satinée, presque encore humide de rosée, si douce... Aujourd'hui, il n'y avait plus de fleurs à Almer Hall, les deux tiers de la maison étaient fermés, et le mobilier ou ce qu'il en restait disparaissait sous des draps. Même la partie qui demeurait dévolue à la famille, bien qu'agréable, commençait à souffrir du manque d'entretien.

Que n'aurait-elle pas donné pour voir le manoir restauré dans son ancienne splendeur !

Laurence devait réussir. C'était le seul moyen de sauver Almer Hall, de conjurer la nécessité de vendre. Elle n'imaginait pas que la demeure puisse passer entre d'autres mains. Ce serait un coup fatal pour ses parents qui avaient déjà subi tant de coups du sort...

Machinalement, elle posa les yeux sur le grand miroir qui surmontait le bouquet, et son regard se connecta soudain à celui qui l'avait fascinée toute la soirée, des yeux gris acier qui la regardaient intensément et semblaient s'interroger.

— Vous vous êtes perdue ? souffla Cesare.

Le haussement sardonique d'un sourcil accompagné d'un sourire ravageur fit exploser mille étincelles dans son ventre. Le désir qu'elle avait vaillamment tenté de maîtriser resurgit, comme neuf.

Elle secoua la tête, incapable de parler tant elle se

sentait la gorge sèche à voir Cesare détailler son corps drapé de soie.

— Vous êtes plus petite que je ne croyais, murmura-t-il. La plupart des mannequins ont ma taille ou presque.

Elle se tourna vers lui, décidée à vendre chèrement sa peau.

— Je suppose que vous en connaissez beaucoup ? rétorqua-t-elle, sans bouger d'un pouce, contrairement à ce que la raison lui soufflait.

— Quelques-uns, confirma-t-il d'une façon qui lui fit comprendre qu'il minimisait la réalité. Vous êtes fragile comme un petit oiseau.

Il avait prononcé ces derniers mots en concentrant son regard sur son visage, comme s'il voulait mémoriser ses traits à jamais.

Cette comparaison arracha à Jemima un demi-sourire.

— Je crois que personne ne m'a jamais décrite ainsi…

Cesare la fixait toujours, et son sourire s'effaça tandis qu'elle prenait conscience de son souffle qui l'effleurait, de ses lèvres entrouvertes…

— Il faut que je retourne à table, reprit-elle en se secouant avec effort, Laurence va se demander ce qui me retient.

— Cela m'étonnerait, rétorqua Cesare, son expression devenant glaciale. Son attention se concentre uniquement sur le fait que j'accepte ou non de le sauver de la ruine.

Elle tressaillit.

Personne ne savait rien de la situation désespérée dans laquelle se trouvait Laurence. Il prenait grand soin de dissimuler l'état piteux du fonds pour ne pas décourager les investisseurs. Comment ce fascinant magnat italien pouvait-il en avoir une idée ? Elle pâlit sous son regard qui semblait analyser ses émotions.

— Vous semblez surprise, fit-il en se rapprochant – à peine, mais cela fut suffisant pour la mettre sur des charbons ardents. Est-ce que je vous parais le genre d'hommes qui se rendrait à un rendez-vous pareil sans s'y préparer ?

— Non, souffla-t-elle.

L'approbation marqua les traits de Cesare à la spontanéité de sa réponse.

— Donc, vous êtes une sorte de… d'hameçon. Laurence pensait-il que vous avoir à notre table me distrairait des réalités de cet investissement ? Croyait-il que j'abandonnerais tout sens commun et rachèterais le fonds à hauteur d'un demi-milliard juste parce que la plus belle femme que j'aie jamais vue aurait battu des cils toute la soirée dans ma direction ?

La déclaration n'était pas franchement un compliment, mais elle sentit un envol de papillons dans son bas-ventre. Néanmoins, Cesare était à la limite de l'insulte. Au minimum, il condamnait son rôle dans cette affaire.

Le besoin de défendre son cousin la fit se raidir.

— Laurence voulait que ce soit une soirée agréable plutôt qu'un simple rendez-vous d'affaires.

Le sourire carnassier de Cesare montra ce qu'il en pensait.

— Ce sont des affaires, et quand il s'agit d'argent, je ne laisse jamais quoi que ce soit influencer mon jugement.

Il s'approcha encore, si bien que son bras frôla le sien, et qu'elle dut prendre une grande inspiration – mauvaise idée, car ce qu'il restait d'air entre eux était saturé de sa masculinité et de son parfum citronné.

— Quoique je doive admettre, reprit-il, que vous m'avez rendu la tâche difficile, par moments.

Encore un compliment enfoui sous une tournure de dérision.

Elle leva les yeux vers lui, consciente que la lumière jouait dans ses cheveux, les transformant en une tenture d'or pur.

— Vraiment ?

— Je suis certain que vous le savez, répliqua-t-il, comme étonné de sa repartie, en levant la main pour dessiner sa joue du bout du pouce. Et c'était une excellente manœuvre de la part de Laurence. Je vois très bien pourquoi il imaginait que vous me gagneriez à sa cause.

Son pouce passa sur sa lèvre inférieure, et elle sentit le désir exploser en elle.

— Ce n'était pas son intention, parvint-elle à murmurer.

Le rire de Cesare résonna jusqu'au fond d'elle.

— Bien sûr que si ! Il ne vous en a peut-être pas informée, mais votre cousin savait que, en vous servant à moi sur un plateau d'argent, il augmentait ses chances de réussite.

— Je ne suis servie ni à vous ni à personne, fit-elle d'un ton assez hautain pour intimider tous les châtelains des alentours d'Almer Hall. J'accompagne souvent Laurence dans des dîners d'affaires. Ça m'intéresse, figurez-vous. Vous trouvez cela difficile à croire ?

La main de Cesare était descendue sur son épaule et s'était arrêtée là, sur un rectangle de peau nue qu'elle réchauffait de façon indicible.

— Plutôt, oui. Ce n'est pas dans votre registre. Un mannequin de réputation internationale dans des dîners d'affaires ?

Sa moquerie la piqua à vif.

— Vous ne pensez pas que je sois capable de comprendre ce qui s'y joue, monsieur Durante ?

— Appelez-moi Cesare.

Elle ne put résister à la tentation de prononcer son prénom comme il le faisait, *Tchessaré*, puis elle avala sa salive, tentant de maîtriser l'écho que ce nom suscitait en elle.

— Peu importe comment je vous appelle, cela ne changera pas le fait que votre opinion est offensante.

— Nommez-moi trois sociétés dans lesquelles votre cousin a investi récemment. N'importe lesquelles.

Elle sentit la chaleur lui monter aux joues.

— Je ne m'intéresse pas aux détails.

— Non. Pas plus que vous n'êtes là pour parler affaires.

— Vous pensez sincèrement que je suis là pour vous tenter ?

— Je ne vois pas d'autre raison à votre présence. On voit des photos de vous partout. Dans le monde entier. Vous y êtes toujours belle, mais en personne, vous l'êtes plus encore, admit-il en fronçant les sourcils comme s'il ne voulait pas vraiment la complimenter. Si Laurence pensait me convaincre de signer grâce à votre présence, il n'était pas loin de jouer la bonne carte.

Il baissa la tête vers elle, jusqu'à ce que ses lèvres ne soient plus qu'à quelques centimètres des siennes.

— Une nuit avec vous, reprit-il dans un souffle, une seule nuit vaudrait le demi-milliard qu'il me demande.

Le désir monta en elle comme une lame de fond.

— Vous ne savez rien de moi, souffla-t-elle, sans pour autant se reculer.

Les lèvres de Cesare prirent un pli cynique.

— Je sais ce qu'en disent les rumeurs. Je sais que vous avez eu avec Clive Angmore une aventure qui a failli ruiner son mariage, en dépit du fait qu'il avait soixante ans et que vous étiez à peine majeure sexuellement.

Elle sentit son cœur se serrer. L'accusation était familière, mais venant de lui, elle lui infligeait une souffrance nouvelle. Dire qu'elle s'était crue caparaçonnée contre ces mensonges…

— Et vous me blâmez de cela ?

— Non, fit-il, le regard pensif. Vous n'étiez qu'une adolescente.

Si son accusation l'avait heurtée, cette phrase fut un baume inattendu sur sa blessure.

— Vous êtes trop intelligent pour croire tout ce qu'on lit dans les journaux.

— Effectivement. Mais je sais aussi qu'il y a rarement de fumée sans feu.

Elle pinça les lèvres.

Cela la remuait étrangement qu'il prenne ces rumeurs pour argent comptant et qu'il voie en elle l'image que la presse diffusait d'elle, une femme soi-disant libre et courant l'aventure.

— Vous avez tort, monsieur Durante, déclara-t-elle, revenant délibérément à l'appellation la plus formelle. Sachez que je suis ici pour soutenir mon cousin, rien de plus.

Elle s'écarta et le dépassa, respirant à pleins poumons un air enfin libre de son aura.

Elle était fière de sa froideur. Pourtant, à peine eut-elle mis Cesare à distance qu'elle le regretta. Si elle était restée ne serait-ce qu'une seconde de plus, il l'aurait embrassée, elle en était sûre.

Son assurance s'effondra à cette idée, et une vague de chaleur traversa son ventre.

— Arrêtez-vous.

Pourquoi obéit-elle ? Le fait est qu'elle ne le savait pas, mais elle s'immobilisa et se retourna.

Cesare la regardait avec une attention soutenue, comme s'il cherchait à pénétrer la carapace dont elle se protégeait pour atteindre sa vérité intérieure.

— Je ne suis pas du genre à me faire avoir par une belle femme, et pourtant… Je mentirais si je disais que je ne suis pas tenté.

L'estomac de Jemima se noua.

S'il savait que son expérience des hommes était inexistante !

— Je voudrais que vous rentriez avec moi ce soir, reprit-il, pressant un doigt sur ses lèvres pour retarder sa réponse. Mais cela n'aura aucune influence sur la négociation de ce soir. Les affaires sont les affaires, et le plaisir est le plaisir…

Il prit le temps de caresser doucement sa lèvre avant de continuer.

— Venez chez moi parce que vous ressentez ce que je ressens et que vous êtes aussi fascinée que je le suis, lui chuchota-t-il à l'oreille. Parce que vous voulez que je vous fasse l'amour toute la nuit, jusqu'à ce que votre corps n'en puisse plus et que votre gorge soit rauque de crier mon nom. Venez, Jemima.

Aucun mot ne pouvait exprimer ce qu'elle ressentait. Ses genoux la trahissaient, son pouls battait à toute allure, le monde semblait se dérober sous elle.

Elle ne pouvait pas même imaginer de le suivre chez

lui. Cesare Durante était un don Juan endurci qui avait gagné des milliards à la force du poignet et n'avait pas le temps pour une relation dépassant quarante-huit heures. Le fait était connu, établi. Il ne lui offrait rien d'autre qu'une nuit de sexe.

Nul doute qu'il avait lu les articles de presse la décrivant comme une fille délurée couchant à tout va. Si on en croyait les journaux à scandale, elle passait son temps en relations éphémères, en mariages secrets bientôt rompus. Elle aurait aussi été enceinte, abandonnée, en cure de désintoxication. Rien de tout ceci n'était vrai, et elle parvenait à en rire les rares fois où elle lisait ces contes à dormir debout. Mais, à vrai dire, elle préférait les ignorer.

Son agence avait engagé un gourou des relations publiques qui ne la contactait que lorsqu'une histoire refusait de s'éteindre et qu'il fallait publier un démenti. Mais la plupart du temps, il suffisait de s'en désintéresser, et la rumeur mourait d'elle-même. Elle avait assez à faire avec la vraie vie pour ne pas s'en soucier. Et cette vraie vie était bien loin de ce qu'imaginait le public. Elle passait plus de temps à planter des bulbes de tulipe à Almer Hall qu'à sortir avec des hommes.

Cesare se faisait des idées, et il serait déçu d'apprendre qu'elle n'avait aucune expérience amoureuse. Or, elle ne voulait surtout pas qu'il soit déçu par elle.

Elle inspira brièvement.

— Je ne peux pas, fit-elle avec une réticence non feinte.

— Vous ne voulez pas ? murmura-t-il, ses lèvres effleurant doucement les siennes, la faisant gémir malgré elle.

Oh si ! Elle le voulait avec une intensité qui aurait dû l'alarmer.

Sa main bougea sans qu'elle lui en ait donné l'ordre, et enlaça le cou de Cesare, attirant son visage vers le sien.

— Je ne vous connais même pas, fit-elle d'une voix si faible que les mots s'entendirent à peine.

— Mais vous savez que ce serait bon, nous deux.

Elle acquiesça. Tout simplement parce que c'était vrai.

Mais il ne savait pas à quel point elle était innocente. C'était de la folie, de la pure folie. Et elle, tout ce qu'elle arrivait à se dire, c'était à quel point elle en avait envie !

Jamais elle n'avait sacralisé sa virginité. Dire non était une sorte d'habitude qui l'aidait à se préserver de ce qu'elle voyait autour d'elle, de jolies femmes au cœur brisé, blessées par les infidélités de ceux qu'elles croyaient épris d'elles.

Mais Cesare n'était pas comme tous ces hommes qui gravitent autour des top models. Ils ne seraient pas amenés à se revoir. Elle pouvait très bien coucher avec lui, en apprendre enfin un peu plus sur les choses du sexe et reprendre tranquillement sa vie. À dire vrai, elle commençait à être embarrassée de sa virginité. Elle serait contente de tourner la page. Et au moins, avec Cesare, elle pouvait être assurée de deux choses : ce serait bon, et ce serait sans suite.

Elle aurait mille raisons de refuser, mais aucune n'était aussi enivrante qu'un oui.

Même sans connaître Cesare, elle était fascinée par ce qu'on racontait de lui : fils d'une simple nourrice, il était devenu un acteur incontournable du monde des affaires, tout ce qu'il touchait se transformait en or, son assurance était gage de réussite. Maintenant qu'elle le connaissait, elle sentait qu'il y avait bien plus en lui. Il l'envoûtait, si bien qu'elle se vit hocher la tête pour signifier son acceptation.

— Cela n'a rien à voir avec Laurence, ajouta-t-elle.

Le sourire de Cesare se fit légèrement moqueur, ce qu'elle trouva sexy en diable.

— J'espère que non. Et je vous assure que votre cousin sera bien loin de vous quand je vous ferai mienne.

Est-ce qu'il avait bien parlé de la faire sienne ?

Elle avait du mal à le croire, mais l'assaut du désir qu'elle ressentit le lui confirma. Ces paroles contenaient une telle promesse de possession et de plaisir qu'elle brûla soudain de se retrouver dans son lit. Ce soir était le soir où elle allait perdre sa virginité, elle ne pouvait plus attendre.

— Je vais te faire chanter, petit oiseau, murmura-t-il

à son oreille, lui faisant naître un long frisson le long du dos. Rentre avec moi.

Toute raison abolie par l'intensité du désir, elle murmura son assentiment, et Cesare écrasa ses lèvres tandis qu'elle se pressait contre lui, chaque cellule de son corps criant son accord. Pourtant, elle le répéta encore et encore contre ses lèvres.

— Oui, Cesare, oui.

Il releva un instant la tête pour la regarder dans les yeux, ses prunelles grises brillantes de promesses.

— Bientôt, tu vas crier cela, Jemima. Tu vas me supplier, et je vais adorer.

2.

Cesare admirait la femme superbe qui lui faisait face, et tout son corps se tendait dans l'anticipation du plaisir. Il était sûr que la nuit se déroulerait selon ses vœux.

Il avala d'un trait ce qu'il lui restait de whisky, appréciant la complexité de ses arômes épicés dus à l'âge et au terroir.

Il aimait le bon whisky, le meilleur, et de cela il ne se privait pas, contrairement à bien des luxes que son argent pouvait lui offrir mais dont il se dispensait parce qu'il s'en était passé lors de toute une vie de sacrifices.

Mais aujourd'hui, ce qu'il décidait de prendre, il le prenait sur-le-champ. Un whisky rare, un repas concocté par un grand chef, servi dans une salle à la vue splendide, un tour à l'autre bout du monde en jet privé…

Et, plus que tout, les plus belles femmes. Les plus sophistiquées, expérimentées, intéressantes, capables de lui offrir le meilleur du sexe sans les complications et de le satisfaire sans qu'il ait besoin de penser à elles une fois qu'elles avaient quitté sa couche.

Jemima Woodcroft appartenait sans nul doute à cette catégorie, et il savourait l'opportunité qui présentait de connaître son corps, de la faire goûter au plaisir et de prendre le sien propre avant de la reléguer au plus profond de sa mémoire, comme il le faisait avec toutes celles qui partageaient ses nuits.

À nouveau, il se concentra sur la tractation que lui proposait Rodney avec une intensité teintée de désespoir. Cependant, il restait conscient des moindres mouvements de Jemima, du moindre battement de ses cils, de la moindre moue de ses lèvres.

En dépit de l'état désastreux du fonds dont Laurence Rodney lui vantait les mérites, Cesare percevait la valeur de cette offre. Il y avait beaucoup à élaguer, mais certaines des valeurs étaient solides. Une en particulier, une start-up de la Silicon Valley, allait faire une entrée remarquée sur les marchés et pourrait procurer des plus-values substantielles. Il était sensé d'y investir maintenant, avant qu'elle ne vale trop cher. Laurence, il l'aurait parié, n'était pas conscient de la valeur de ce qu'il offrait, sinon il aurait démarché beaucoup plus d'investisseurs au lieu de se concentrer sur lui. De ce fait, si Cesare se rétractait, Laurence coulerait.

Très bien. Le désespoir rend les gens idiots. Rien ne l'arrangeait plus qu'un négociateur aux abois.

Il y avait trois éléments qu'il revendiquait comme clés de son succès : d'abord, il ne laissait rien au hasard, il se montrait agressif dans la recherche des informations nécessaires et les utilisait comme des armes. Ensuite, ce qui le poussait vers la réussite ne s'éteindrait jamais, quelle que soit la richesse qu'il accumulerait : la pauvreté qu'il avait connue étant enfant, contrastant avec l'opulence des demeures où sa mère travaillait. Cette pauvreté lui avait laissé une faim au ventre qui le brûlait et le jetait dans l'action. Cela avait fait de lui un travailleur forcené, en quoi était-ce condamnable ? Enfin, il obéissait à son instinct comme si sa vie en dépendait. C'était là le troisième facteur de son succès,

Et son instinct lui disait que Jemima serait une amante extraordinaire. Elle appartenait à cette artistocratie qu'il fuyait d'habitude, mais il y avait en elle quelque chose qui n'avait rien à voir avec la malencontreuse situation de son cousin. Son instinct lui soufflait aussi l'ampleur du désespoir de Laurence, trahi par ses gestes saccadés, les fréquents regards qu'il jetait à Jemima, comme si, paniqué, il espérait qu'elle le sauve de la noyade.

Mais celle-ci se tenait coite.

Cesare n'arrivait pas à décider si l'accord qu'elle avait donné à Laurence lui pesait. Cela faisait d'elle l'une des rares personnes qu'il avait du mal à deviner. Son attitude était assez détendue, elle était adossée à son fauteuil et tenait à la main, comme distraitement, la flûte de champagne avec laquelle elle jouait sans vraiment y boire. Et elle ne disait rien.

Sachant ce qui allait suivre, Cesare était plutôt pressé de clore cette partie de la soirée.

— Bien, fit-il à l'adresse de Laurence. Vous avez gagné mon intérêt.

— Votre… « intérêt » ?

Le dépit du Britannique était si évident qu'il eut du mal à ne pas sourire. La seule chose qui le retint fut le regard de Jemima sur lui. Il sentait qu'elle prendrait mal le fait qu'il ridiculise son cousin. De plus, même si celui-ci appartenait à cette élite britannique qui doit tout à sa naissance et que Cesare détestait, il y avait chez lui une forme de pugnacité que, en d'autres circonstances, il aurait pu apprécier.

— Vous ne vous attendiez quand même pas à ce que je vous signe sur-le-champ un chèque d'un demi-milliard ?

— Je dis juste que c'est une opportunité formidable, grommela Laurence, passant une main nerveuse dans ses cheveux. Et vous êtes le premier sur la ligne de départ…

Cesare se pencha vers lui.

— Parlons franc : je ne suis pas le premier, je suis le seul.

Laurence rougit.

— Pas du tout, j'ai sollicité deux autres investisseurs très sérieux.

Á cet instant, Jemima se tourna vers son cousin, et pour la première fois de la soirée, elle se trahit. Cesare vit la consternation qui envahissait son visage et qu'il pouvait aisément comprendre. Sous la table, il posa la main sur son genou, et elle se tourna vivement vers lui, ses lèvres s'écartant avec cette sensualité qui semblait n'appartenir qu'à elle.

L'anticipation battit le tambour jusqu'au cœur de son être.

— Admettons, fit-il avec un sourire mince. Eh bien, dites-moi la somme qu'ils proposent, et si je veux toujours investir, j'offrirai plus.

Acculé, Laurence grimaça.

— Vous aviez raison. Vous êtes mon premier choix, Cesare. Je sais ce que vous pesez, et un investissement de votre part vaut de l'or en termes de prestige.

Cesare sourit, satisfait.

Se lasserait-il jamais d'entendre ce discours de la part d'hommes comme Laurence Rodney ? C'étaient de jeunes aristocrates tels que lui qui, pendant ses études, avaient fait de sa vie un enfer. Et à présent, il le suppliait. Cela seul suffisait à lui gonfler la poitrine de fierté.

Il s'autorisa à en profiter quelques secondes de plus qu'il n'était raisonnable.

— Je reste en contact, fit-il enfin, repoussant son siège.

— Vraiment ? fit Laurence, se levant aussi à regret.

— Oui.

Ils se tournèrent ensemble vers Jemima, encore assise, visiblement perdue dans ses pensées.

Cela dérangea Cesare. Sa bonne humeur venait du fait qu'il allait bientôt la faire jouir de la tête aux pieds et partout entre ces deux points. Mais en avait-elle autant envie que lui ?

— Jemima ? fit-il, et elle leva sur lui un regard presque triste.

Laurence fronça les sourcils.

— Jem ? Tout va bien ?

— J'ai proposé à votre cousine de la raccompagner, glissa prestement Cesare.

— Rien ne vous y oblige, rétorqua vivement Laurence.

— Oh ! elle est d'accord !

Cela aurait mis en garde n'importe quel rival, mais Laurence n'y prit pas garde. Il s'adressa à Jemima.

— Tu es sûre, Jem ? Je peux très bien te raccompagner.

Cesare se surprit à retenir son souffle dans l'attente de

sa réponse. Après quelques secondes qui lui parurent une éternité, Jemima se leva et posa sa flûte encore à moitié pleine sur la table.

— Non merci, Laurence, ça ira.

Elle regarda Cesare avec une expression qu'il ne sut déchiffrer : de l'attente, de l'incertitude ? Puis elle sourit, et soudain tout son visage s'éclaira. Son corps sembla vibrer, elle rayonnait, et Cesare se sentit à son tour saturé de chaleur à la voir ainsi.

— Je suis prête, allons-y, conclut-elle.

Une fois dans l'espace clos de la luxueuse limousine, Jemima se rendit mieux compte de la folie où elle se jetait. Cesare Durante, l'homme qu'elle avait suivi sans l'ombre d'une hésitation, était un danger ambulant.

Cela faisait partie des attendus de son métier d'assister à des soirées, et l'on attendait généralement des mannequins qu'ils passent la nuit avec l'un des convives. Cela ne lui était jamais arrivé, peut-être parce que le spectacle de la sexualité étalée avec tant d'impudence l'avait immunisée contre toute tentation. La curiosité initiale dont elle avait fait preuve s'était muée en une forme de pruderie et, au fil des années, en une sorte d'embarras : mieux valait que personne ne la sache vierge, car quelles seraient les réactions alors ?

Et voilà qu'elle se trouvait dans la voiture d'un homme insupportablement sexy et que sa virginité ne serait bientôt plus qu'un souvenir…

Une pointe d'anxiété se fit jour en elle : est-ce que le fait de passer la nuit avec Cesare risquait d'impacter négativement la négociation de Laurence ?

Non, c'était impossible. Cesare avait promis que non. Les affaires se dissociaient du plaisir, il l'avait affirmé.

Elle lui coula un regard.

Il était impeccablement vêtu d'un costume gris sombre qui contrastait élégamment avec sa chemise d'un blanc immaculé et ses chaussures de cuir noir d'une marque réputée. Ses mains étaient soignées, ses doigts évoquaient puissance et douceur tout à la fois.

Il restait silencieux depuis le début du trajet, tout comme elle. Aucun ne semblait trouver les mots adéquats, ou peut-être craignaient-ils que parler ne dissipe l'envoûtement qui se tissait entre eux, les unissait dans ce moment de folie partagée.

Londres défilait, tout en lumières et bâtiments anciens. La limousine longea Hyde Park et les amena à Knightsbridge, pour s'arrêter devant une élégante demeure.

Le bâtiment devait dater du XVIIIe siècle, mais des aménagements modernes avaient été consentis, dont un garage souterrain où la limousine se glissa lentement. Ce fut seulement à ce moment que Cesare se tourna vers elle, comme s'il s'attendait à ce qu'elle change d'avis.

Elle ne le voulait surtout pas. C'était une folie, mais elle tenait à la vivre !

— Qu'attendons-nous ? demanda-t-elle en souriant à sa requête muette.

Il laissa échapper le souffle qu'il retenait et se pencha pour prendre ses lèvres, les goûtant si urgemment qu'elle en gémit et s'agrippa aux pans de sa veste.

— On n'attend rien, bon sang ! Rien du tout. Viens.

Il murmura cela contre sa bouche en un grondement presque furieux, ouvrit la porte et s'effaça pour la laisser sortir.

Elle s'aperçut que ses jambes la portaient à peine.

Un ascenseur intérieur élégamment lambrissé les attendait. Cesare lui enlaça les doigts et l'y attira.

Elle remarqua cinq boutons sur la commande de l'ascenseur.

— Il y a cinq étages ?

— Un sous-sol et une terrasse de toit, donc seulement trois.

— Ah ! C'est beaucoup plus raisonnable.

Il la regarda, l'air déconcerté, se demandant visiblement

si elle ne se moquait pas de lui, mais déjà l'ascenseur les déposait au deuxième.

Ce qu'elle y découvrit était grandiose. L'ascenseur les avait amenés directement dans un salon où des lumières tamisées s'allumèrent automatiquement, soulignant l'élégance des meubles, dont chacun était visiblement une pièce unique sortant d'un atelier réputé.

Pourtant, l'ensemble était froid comme dans un hôtel.

— Vous… Enfin, tu passes ici de temps en temps ? fit-elle, curieuse de savoir si l'endroit était réellement habité.

— Très peu souvent.

— Ah, je vois…

Elle avait bien jaugé la situation.

— J'ai d'autres résidences, précisa Cesare, avant de reprendre tout à trac : Dis-moi, n'es-tu pas inquiète à l'idée que je veuille te revoir ? Après cette nuit, je veux dire…

Elle le regarda, stupéfaite. La pensée ne l'en avait même pas effleurée. Demain n'existait pas.

— En tout cas, je veux te rassurer, *uccellina*, reprit-il en ajoutant ce mot italien dont elle n'avait aucune idée de la signification. Il ne s'agit que d'une nuit.

Elle sentit son cœur manquer un battement à sa façon presque brutale de définir les choses. Mais c'était bien ainsi. Simple, rapide, sans complications inutiles. Le mieux pour tout le monde, y compris pour Laurence.

— Parfait, murmura-t-elle, alors que son pouls se déchaînait.

Une lueur de farouche détermination brilla dans le regard de Cesare tandis que sa main faisait glisser les brides de sa robe sur ses épaules.

— Je t'ai désirée dès que j'ai posé les yeux sur toi.

Sans qu'elle en comprenne la raison, elle frissonna. Était-ce un avertissement ?

— Et me voici, fit-elle avec une sorte de fatalisme. Pourquoi ai-je l'impression que tu obtiens toujours ce que tu veux ?

Il ne la quittait pas des yeux.

— Qu'est-ce qui te fait dire cela ?

— Je me trompe ?

Les yeux de Cesare étincelèrent.

— Non, *uccellina.*

Encore ce mot inconnu… Et les doigts de Cesare qui dessinaient son bras nu.

— Qu'est-ce que ça veut dire ?

— Ça veut dire « petit oiseau ».

Quand la main de Cesare remonta vers sa gorge avant de dégager sa robe, elle se mordit la lèvre pour étouffer le soupir d'expectative qui montait de sa poitrine. La soie de sa robe glissa sur ses seins, dont les pointes se dressèrent.

Les mains de Cesare accompagnèrent la chute du tissu. En un instant, elle se retrouva devant lui vêtue seulement d'un string de dentelle et d'escarpins, et son souffle se fit court sous son regard appréciateur.

— Tu es magnifique, fit-il comme s'il constatait un fait établi. Mais tu le sais, bien sûr.

C'était presque comme s'il la traitait de vaniteuse !

Elle s'en serait offusquée s'il ne s'était approché, collant son corps au sien.

Comment aurait-elle pu parler ou même penser, quand elle sentait chaque centimètre de son corps musclé contre elle, et son excitation contre son ventre ?

Elle posa les mains sur sa poitrine sculptée avant de défaire un à un les boutons de sa chemise, s'arrêtant à la taille le temps de dégager la chemise de son pantalon, mais avant qu'elle ait pu la repousser sur ses épaules, Cesare prit ses lèvres avec fureur, et leur baiser traduisit l'urgence désespérée de leur passion mutuelle.

Il la fit reculer jusqu'à ce que son dos heurte la baie vitrée et roula des hanches contre les siennes, lui laissant peu de doute sur l'impatience de son désir.

Elle qui n'avait jamais éprouvé assez d'attirance pour un homme pour consentir à se donner à lui, elle n'avait jamais ressenti cela. Son cerveau semblait hors circuit, elle agissait d'instinct, et celui-ci lui soufflait d'apprécier le moment autant qu'elle le pouvait.

— J'ai envie de…

De quoi, au juste ? De le voir ? De le toucher ?

Frustrée par son manque d'expérience et par l'incapacité à traduire en mots la fièvre qui la parcourait, elle en fut réduite à secouer la tête.

Mais Cesare avait compris, car la même fièvre faisait rage en lui. Il la prit dans ses bras, et elle enlaça sa taille de ses jambes. Puis, sans cesser de l'embrasser, il la porta vers sa chambre comme si elle n'avait pas pesé plus qu'une plume.

Quand il la déposa sur le lit, elle était en flammes.

— Je veux…

— Que veux-tu, Jemima ? dit-il d'une voix râpeuse de désir.

Elle ne put répondre : c'était toujours le même blocage mental, l'impossibilité d'exprimer ce qui la taraudait. Alors, elle gronda et s'assit pour l'attirer à elle.

Il résista, le temps de se débarrasser de ses chaussures et de sa chemise, la poitrine haletante.

Elle avait déjà remarqué les biceps de Cesare lors du dîner, mais maintenant, elle prenait toute la mesure de sa musculature. Chacun de ses mouvements en soulignait la puissance. Un tatouage en belle écriture cursive s'étalait au-dessus de son cœur : *come sono.*

— Je suis… moi ? tenta-t-elle de traduire.

— Tel que je suis, précisa-t-il en ôtant son pantalon, la dominant de toute sa hauteur, ce qui fit battre le sang à ses tempes.

Elle avait peur soudain. Pas de ce qui allait suivre, mais de sa propre ignorance. Cependant, un instinct féminin vieux comme le monde la poussait, et elle s'agenouilla sur le lit, allant à sa rencontre. Elle posa les lèvres sur son torse dont la peau bronzée contrastait avec la pâleur de la sienne. Du bout de la langue, elle goûta avec curiosité la pointe mâle d'un sein.

Cesare haleta sous l'exploration de sa langue, et elle

s'enivra du pouvoir qu'elle avait de le rendre aussi fou qu'elle l'était. Elle avait vaguement conscience de la nouveauté de son audace, mais elle le voulait si fort ! Bientôt, elle allait recevoir cet homme en elle. Elle n'en pouvait plus d'attendre.

3.

Cesare se pencha, et elle sentit la chaleur de ses lèvres sur ses seins. Sa langue taquinait les bourgeons dressés, comme une réponse vengeresse à sa propre exploration.

Le jeu était truqué, il avait bien plus d'expérience qu'elle, bien plus de talent !

Elle gémit, soumise aux caprices de ses caresses, trempée. Elle sentait les doigts de Cesare jouer avec l'élastique de son string, faisant finalement glisser la petite pièce de tissu avec une lenteur étudiée.

Elle devenait folle…

— Je t'en prie, murmura-elle, encore inconsciente de ce pour quoi elle suppliait.

Toujours vêtu de son boxer, il se pressa contre elle.

Ils s'enivraient l'un de l'autre, perdant le contrôle de leurs mouvements, rendus fous par la proximité charnelle.

Elle s'était toujours demandé si elle souffrirait en vivant sa première expérience, mais à quelques secondes de sauter le pas, elle ne pensait plus qu'à la délivrance, à l'instant précis où il entrerait enfin en elle. L'impatience la dévorait. Les ongles enfoncés dans le dos de Cesare, elle cherchait constamment ses lèvres. Les baisers apaisaient sa faim autant qu'ils lui fouettaient le sang. Elle n'en aurait jamais assez.

— J'ai envie de toi, gronda-t-elle à son oreille, les mains contre ses fesses pour le coller à son bassin, ses hanches impatientes venant à sa rencontre, suppliant qu'il la fasse enfin sienne.

— Je rêve de ça depuis que je t'ai rencontrée, murmura-t-il en se débarrassant de son boxer, le regard brûlant.

D'un geste sûr trahissant une longue expérience, il se décala et attrapa un préservatif sur la table de nuit.

Elle ne rata rien du processus, fascinée par la main qui vint dérouler l'enveloppe sur le sexe dressé et raide.

La gorge sèche, le cœur battant, elle sentit l'appréhension l'envahir. L'embarras le disputait au désir, à présent.

Elle le désirait, bien sûr, mais ne devait-il pas savoir qu'elle n'avait aucune expérience ? Devait-elle l'ennuyer avec ce détail ?

Elle se redressa pour lui faire face.

— Je veux que tu cries mon nom, murmura-t-il, inconscient du train de ses pensées.

Elle l'arrêta d'une main sur le torse alors qu'il se positionnait au-dessus d'elle.

Il fallait qu'elle le prévienne. Ce n'était pas grand-chose. Il s'en moquerait probablement.

— Il faut que je te dise quelque chose, murmura-t-elle.

— Alors, dis-le vite, répondit-il avant d'attraper à nouveau entre ses lèvres ses seins dressés.

Elle aurait voulu parler, mais la langue de Cesare se déplaçait maintenant, elle quittait ses seins pour descendre aux creux de la vallée de son ventre, et plus bas encore.

Lorsque ses lèvres touchèrent enfin son sexe moite, elle se cabra, dressée sur les coudes, renversée par le plaisir. Lentement, il lécha son sillon, et elle écarta instinctivement les jambes, se pressant au seuil de ses lèvres, gémissant son prénom comme il l'avait prédit.

La consonance italienne était plus érotique encore sous le feu de sa langue. Les doigts entremêlés dans les cheveux de Cesare, elle se laissa porter jusqu'aux rives de l'orgasme avant d'exploser, catapultée dans le champ des étoiles.

Elle resta allongée longuement, le souffle court, recouvrant ses esprits.

Cesare était de nouveau au-dessus d'elle : il fallait

qu'elle oublie la passion, rien qu'un instant, pour trouver le courage de parler.

— Cesare, attends. Tu dois savoir que…

L'urgence dans sa voix immobilisa son partenaire. Le sexe de Cesare était à l'entrée du sien, tout contre, et un moment, elle contempla l'idée de se taire.

— Oui ?

Elle gémit, consumée par le désir.

— Que je te veux. Que je te veux plus que tout.

Pourquoi n'avait-elle rien dit ? Elle savait que c'était la seule chose à faire, mais elle n'avait pas trouvé les mots. Dans son esprit défilaient les articles de la presse à scandale, les insultes qu'elle avait reçues, les mariages qu'on l'accusait d'avoir brisés, les accusations d'un public ignorant bercé par les torchons des tabloïds. Tout cela l'avait rendue muette au pire des moments…

Cesare, confiant, lui décocha un regard intense qui semblait voir au-delà de son âme.

— Je te veux, dit-il en écho, avant d'entrer enfin en elle.

Cesare s'immobilisa, usant de toute sa maîtrise de lui-même pour ne pas bouger à nouveau.

Il avait forcé une barrière qui n'était pas censée être là.

C'était la première fois qu'il déflorait une femme depuis l'adolescence, et déjà à l'époque, il n'avait pas aimé ça. Ce qui n'était pour lui qu'une soirée banale avait revêtu une importance capitale pour la jeune femme… Un cœur brisé lui avait suffi. Il s'était juré qu'on ne l'y reprendrait plus, et il pensait en avoir terminé avec les femmes sans expérience.

Longtemps, ça avait été le cas. Il s'était maintenu à bonne distance des vierges pour ne pas avoir à porter le fardeau d'être leur premier. Ce soir, pourtant, il avait reconnu la résistance qui cédait sous le mouvement de son bassin, trop tard pour revenir en arrière.

— Bon sang, gronda-t-il entre ses dents.

Il se redressa sur les coudes, envahi de questions, mais Jemima crispa ses muscles, ravivant son désir aveugle.

— Ne t'arrête pas, murmura-t-elle d'une voix tremblante. Je t'en prie, ne t'arrête pas.

Leurs yeux se trouvèrent : elle avait les pommettes rosies par l'excitation, les lèvres gonflées, les pupilles dilatées.

— Je t'en prie, répéta-t-elle.

Il étouffa un juron.

Il aurait été bien incapable de se maîtriser de toute façon, à moins, bien sûr, de sentir qu'il lui faisait mal. Il reprit ses va-et-vient avec précaution, lui laissant le temps de se faire à lui, guettant les signes de douleur qui crisperaient son visage.

Un sentiment inédit l'accapara subitement. Pour la première fois depuis bien longtemps, il se sentait responsable. Coupable. Comme s'il venait de faire quelque chose d'interdit.

— Oh ! Cesare…

Son prénom sangloté le ramena à la passion et la perfection du moment. Jemima lui enfonçait ses ongles dans le dos. Il n'y avait qu'une seule chose à faire désormais, et il en avait autant besoin qu'elle. Il aurait pu jouer, la tourmenter, ralentir son accès au plaisir comme il le faisait d'habitude, mais Jemima – comme la nuit qu'ils partageaient – n'avait rien d'ordinaire. Ses cris étaient fiévreux, son corps tremblait sous la décharge du plaisir, et lorsqu'elle bascula dans l'orgasme, il la suivit sans chercher à ralentir, jouissant en silence, détaché de tout.

C'était pourtant une erreur qu'il venait de commettre. Et il n'aimait ni les erreurs ni les surprises.

Il jeta un coup d'œil à Jemima qui reprenait difficilement pied et se retira lentement, incapable de parler.

La colère était mauvaise conseillère, mais il ne pouvait pas la museler : Jemima s'était jouée de lui ! Il n'aurait jamais couché avec elle s'il avait su qu'elle était vierge. Il lui avait proposé une nuit de plaisir, rien de plus.

Sans un mot, il se leva et se dirigea vers la salle d'eau, jeta le préservatif avant d'attraper une serviette pour se la nouer autour de la taille.

Elle était venue avec lui, sachant parfaitement ce qui allait arriver. Elle l'avait choisi pour perdre sa virginité.

Pourquoi ?

Son calme partiellement recouvré, il revint dans la chambre.

Jemima était assise dans le lit, le drap ramené sur sa poitrine, les yeux baissés.

— Tu étais vierge.

Il n'avait pas besoin d'une quelconque confirmation, mais il ressentait le besoin de le formuler à voix haute.

— Oui, finit-elle par murmurer.

— Et tu es venue ce soir pour coucher avec moi ?

Elle releva le menton pour le regarder.

— Oui.

— Tu ne penses pas que j'aurais dû le savoir avant ?

— J'ai essayé de te prévenir.

Il fronça les sourcils.

— Quand ?

— Avant que nous commencions…

Elle hocha la tête et ajouta :

— J'ai essayé, mais je n'ai pas… C'était embarrassant.

— Tu as préféré me mettre devant le fait accompli. Découvrir ton innocence à l'instant où je la détruisais.

Elle se crispa, visiblement heurtée.

— Je ne sais pas. Ce n'était pas…

Il jura en italien, l'insulte résonnant dans la pièce.

Ce qu'elle disait ne faisait qu'empirer les choses. Il se sentait furieux, impuissant. Leur passade entre adultes consentants se muait en autre chose de bien plus complexe.

— J'aurais pu décider si j'avais oui ou non envie d'être ton premier.

Le peu de couleurs qui restait aux joues de Jemima les déserta. Elle bondit sur ses pieds, le drap autour du corps.

— Quelle différence cela aurait-il fait ?

— Bien sûr que ça aurait fait une différence. Je ne sors pas avec des femmes vierges, Jemima ! À quoi t'attendais-tu, bon sang ? Tu pensais que ça me donnerait subitement envie d'investir ? Que je me sentirais si coupable à l'idée d'avoir été ton premier amant que je paierais des fortunes pour me dégager de cette responsabilité ?

Jemima étouffa un cri, les sourcils froncés.

— Comment oses-tu ? Ça n'a rien à voir avec Laurence.

— J'ai du mal à le croire.

— Aussi incroyable que cela te semble, c'est vrai. Je suis venue ici pour la nuit avec toi, et rien d'autre.

— Si j'avais su dans quoi je m'engageais, tu penses vraiment que j'aurais accepté ?

— Sincèrement, je ne pensais pas que tu t'en soucierais.

— Tu es une jeune femme de vingt-trois ans, Jemima. Je t'ai emmenée chez moi parce que je pensais que tu voulais t'amuser, que tu voyais le sexe et le flirt comme un sport, tout comme moi. Si j'avais su, je ne t'aurais jamais touchée !

L'indignation se lisait sur le visage de Jemima.

— Rassure-toi, Cesare. Je n'ai aucune intention de te faire honte à nouveau.

Elle lui jeta un regard dégoûté et quitta la chambre, le drap toujours enroulé autour d'elle.

Mais il n'en avait pas terminé. Nombre de questions restaient encore en suspens dans sa tête.

Il s'engagea à sa suite dans le salon.

— Comment est-ce possible ? Il y a d'innombrables articles en ligne sur tes supposées conquêtes…

— Oui, et Internet a toujours raison, c'est bien connu.

— Mais avoir tort à ce point…

La robe de Jemima gisait encore au sol. Elle se baissa pour la ramasser, se débarrassant du drap au dernier moment pour lui cacher son corps nu.

Il n'en avait cure. L'image était gravée dans son esprit pour toujours.

— Il y avait des photos, pourtant, attaqua-t-il de nouveau. Et qu'en est-il de ce Clive Angmore ?

— Une connaissance, rien de plus, murmura-t-elle en se recoiffant, cherchant son sac à main du coin de l'œil.

— Alors quoi, tu te préservais pour le mariage ?

Elle poussa un soupir excédé.

— Ça ne fait aucune différence pour moi, Jemima, se sentit-il obligé d'ajouter. Quelle que soit la raison pour laquelle tu es venue ici ce soir, et quel que soit ce à quoi tu t'attendais, pour moi, il s'agissait de sexe. Rien d'autre.

— Je ne veux rien de toi, Cesare.

L'expression neutre de Jemima dissimulait mal son mépris, mais il y avait aussi ses yeux brillants, gonflés de larmes.

Il sentit son estomac se nouer.

— Alors quoi ? Tu t'es dit qu'un homme que tu connaissais à peine serait idéal pour une première fois ?

— Ce n'est pas comme si j'avais échafaudé le moindre plan, répondit-elle. Tu m'as proposé de rentrer avec toi, et sur le moment, je n'ai vu aucune raison de refuser.

— J'aurais pu te donner une raison si tu en cherchais une, répliqua-t-il, sourcils froncés. Je n'avais aucune envie d'être ton premier. Je ne voulais pas du cadeau de ta virginité. Ce que nous avons fait était une erreur.

Elle cilla, et une première larme roula le long de sa joue.

Il se détourna, mal à l'aise, étouffant un juron, et fit le tour du bar pour se servir un whisky. Lorsqu'il releva les yeux, Jemima se tenait toujours là, comme pétrifiée.

Il haïssait le fait d'avoir couché avec elle. Lui qui n'aimait pas être surpris, il avait été totalement pris au dépourvu. Il détestait ne pas avoir su lire en elle. Il était responsable, à présent, des larmes qui roulaient sur ses joues.

Plus que tout, il détestait le torrent d'émotions qui l'assaillait, lui qui se targuait de n'en ressentir aucune habituellement. Toute cette soirée était un fiasco.

Il ignora l'inhabituelle compassion qui l'étreignait. Lorsqu'il parla à nouveau, sa voix avait le tranchant d'une lame.

— Mon chauffeur va te ramener chez toi.

Jemima leva les yeux vers lui, interloquée.

Elle hocha la tête, avant de se raviser.

— Ne t'en fais pas, je prendrai un taxi.

Il fallait au moins qu'il s'assure de sa sécurité jusqu'à son retour chez elle. C'était une question de décence.

— Soit mon chauffeur te ramène, soit c'est moi. Le choix t'appartient.

Elle pâlit à nouveau, les lèvres pincées.

— Très bien. Appelle ton chauffeur. Je n'ai plus jamais envie de te voir.

4.

Quatre semaines plus tard.

L'ascenseur poursuivait sa lente ascension jusqu'au dernier étage de l'immeuble Durante, à Rome.

Jemima, le regard fixé sur le panneau de contrôle de l'ascenseur, avait l'estomac un peu plus noué à mesure que le bouton d'un nouvel étage s'illuminait au passage du monstre de métal.

Au vingt-septième, elle se sentait chanceler, et elle se mordit la lèvre avant de quitter l'habitacle.

Y avait-il une alternative, une échappatoire ?

Probablement pas. Il fallait qu'elle s'exécute.

Elle avait porté une attention maniaque à sa tenue. Il ne fallait pas que Cesare se rende compte de ses efforts : un jean, un chemisier délicat mais pas trop non plus, couleur crème, rehaussé d'un collier chiné au marché de Camden, le tout sur une paire de talons hauts censés lui donner un peu de hauteur – et de courage.

Son sac à la main, elle s'approcha de la réception.

La décoration était sublime : plafond haut, sol en marbre, le tout inondé de soleil, magnifique et extravagant. L'endroit respirait le succès.

— Je viens voir Cesare Durante.

Ce nom, en passant le seuil de ses lèvres, ne manqua pas de la plonger dans un tourbillon de souvenirs, les mêmes qui la tourmentaient chaque nuit depuis qu'elle l'avait fui en se jurant de ne plus jamais penser à lui.

Un échec flagrant, bien sûr. Il n'avait pas quitté ses

pensées. Le plus dur, c'était de ne pas s'abandonner à ses souvenirs lorsqu'elle se douchait. Une fois qu'elle était nue, ses mains retraçaient instinctivement sur son corps le chemin de celles de Cesare. Et, très vite elle cédait au désir. La colère était présente, bien sûr : comment avait-il pu réagir ainsi, la traiter de cette manière ? Mais le plaisir refusait de se laisser voler la vedette.

— Vous avez rendez-vous ?

Elle retira ses lunettes de soleil.

— Non. Mais il tiendra à me voir. Nous sommes de… de vieux amis.

La réceptionniste, qui n'avait pas encore levé les yeux, laissa tomber son stylo en la reconnaissant.

— Jemima Woodcroft ?

Jemima avait l'habitude : c'était parfois amusant, parfois problématique. Elle lui adressa un sourire complice.

— Elle-même.

— Oh… Euh, très bien. Je le préviens tout de suite.

— Je vous remercie.

Quelques minutes plus tard, la réceptionniste réapparut.

— Si vous voulez bien me suivre…

Le claquement de leurs talons résonna sur le sol alors qu'elles approchaient de la double porte vitrée.

Jemima savait qu'elle n'était plus qu'à quelques secondes de revoir Cesare. Intérieurement, elle tremblait. Elle devait faire appel à toutes les techniques apprises au cours de sa vie professionnelle pour n'en rien laisser paraître. Il ne fallait pas qu'il sache à quel point il la troublait, ni ce que cette visite coûtait à sa fierté.

La réceptionniste lui tint la porte.

Prenant une grande inspiration, elle entra. Pour le regretter immédiatement.

Elle aurait aimé pouvoir se réfugier derrière quelque chose, quoi que ce soit qui lui offre un semblant de protection, mais la décoration était à l'image de celui qui occupait ce bureau : un plancher très sombre et brillant, d'où se dégageait une discrète odeur de pin. Des meubles modernes, peu de fioritures…

Quand son regard tomba sur lui, elle sentit son cœur manquer un battement.

Seigneur. Cela faisait un mois, quatre semaines. Trente jours. Dans ce laps de temps, elle avait voyagé à Istanbul, fait une séance photo pour un magazine, avait passé quelques jours à Paris pour une publicité destinée à une grande compagnie aérienne, mais où qu'elle dorme, elle avait toujours rêvé de lui, se réveillant, pantelante, la tête pleine d'images qu'elle ne pouvait s'interdire. Et voilà qu'il était là, dans un costume bleu-gris, une montre en or au poignet, ses cheveux noirs plaqués en arrière : viril, incroyablement désirable. Des images insidieuses prenaient forme en elle. Le souvenir de sa bouche sur ses seins, sur son sexe, de sa langue qui parcourait inlassablement sa peau, goûtant et mordant, déchaînant en elle un torrent de désir rageur…

— Mademoiselle Woodcroft.

L'emploi de son nom de famille la ramena violemment à la réalité. Elle n'était pas là pour se perdre dans les souvenirs, mais pour des raisons purement professionnelles. Pour son cousin, désespéré au téléphone lorsqu'il l'avait appelée deux jours plus tôt.

— Monsieur Durante, répondit-elle, affable mais le regard froid.

— Merci, Olivia, vous pouvez nous laisser, fit-il à l'adresse de la secrétaire.

La porte vitrée se referma avec un cliquetis discret : ils étaient seuls.

Cesare traversa la pièce et actionna une machine à café intégrée au mur.

— Café ?

Elle secoua la tête et s'éclaircit la gorge.

— Non merci.

Cesare l'étudia longuement avant de se saisir de sa tasse.

— Peut-être saurez-vous m'expliquer ce que vous faites ici ?

Elle déglutit, tâchant de se concentrer sur son but. Pour Laurence.

— Je suis venue pour comprendre ce qu'il se passe avec le fonds spéculatif.

Cesare n'eut pas de réaction visible, et plus le silence durait, plus elle sentit l'anxiété la gagner. La persistance de son regard était déstabilisante.

— Laurence dit que vous avez reçu le contrat il y a deux semaines, mais que vous n'avez pas répondu à ses appels, précisa-t-elle.

Cesare haussa un sourcil.

— Et ?

— Ça n'est pas juste. Pour lui. Si vous ne comptez pas investir, dites-le-lui. Qu'il puisse se tourner vers autre chose.

Il eut un sourire carnassier.

— Vers la banqueroute ?

Elle sentit toute chaleur la quitter.

Cesare était cruel, son visage le disait pour lui.

Elle se détourna vers la grande table de réunion.

— Soit vous êtes intéressé, soit vous ne l'êtes pas. Mais le faire attendre sans rien dire…

— Il demande beaucoup d'argent. Vous croyez que je vais donner mon accord sans une enquête préalable ?

Elle posa son sac sur la table.

— Combien de temps cela va-t-il prendre ?

Le silence, à nouveau. La suffisance de cet homme était détestable.

Elle contempla la vue de la ville qu'offrait la baie vitrée.

— Je vais être clair, finit par répondre Cesare dans son dos : Laurence n'aime pas que je prenne mon temps pour me décider, alors, connaissant notre vécu, il vous envoie pour me convaincre ?

Elle allait se récrier, mais il ne lui en laissa pas le temps.

— Je peux le comprendre, vu ce qu'il s'est passé entre nous, mais il me semblait que vous aviez compris la leçon.

Elle se tourna vers lui avec une exclamation rageuse.

— Laurence ne sait pas que je suis ici, rétorqua-t-elle, son regard ancré dans le sien. Et il ne sait rien de la nuit que nous avons partagée.

Cesare s'était approché. Un éclair de surprise passa dans ses yeux, presque instantanément masqué par sa froideur habituelle.

— Alors, que faites-vous ici ?

Avant qu'elle puisse l'arrêter, il avait fait un pas de plus dans sa direction, désormais si proche qu'elle pouvait sentir sa chaleur. La gorge nouée, elle se rendit compte qu'elle n'arrivait plus à réfléchir ni à s'exprimer.

— Je... Je pense simplement qu'il... qu'il faut vous presser, finit-elle par bégayer. Je vous demande de vous décider, rien de plus. Laurence mérite de connaître votre position.

L'expression de Cesare restait la même, insondable.

— Et vous pensiez que, en venant ici pour me demander d'investir, je vous donnerais mon accord sans rechigner ?

Comment avait-elle pu penser qu'il l'écouterait ou qu'il aurait une quelconque envie de l'aider ?

— Non. Je vous demandais simplement d'être humain et de mettre fin à son calvaire en lui faisant part de votre décision. J'imagine que ce n'est pas très professionnel de vous rappeler la situation désespérée dans laquelle il se trouve, mais honnêtement, Cesare, je m'inquiète pour lui...

Elle baissa les yeux, proche des larmes.

— Il a la tête sous l'eau, reprit-elle. Et il a travaillé trop dur pour tout perdre. C'est impossible. Trop de choses dépendent de sa réussite. Je vous en prie.

Les conséquences du pari qu'elle était sur le point de perdre seraient désastreuses.

À mi-voix, elle ajouta :

— Mais vous vous en moquez, bien sûr.

— Je connais à peine votre cousin, et je serais touché par son échec ? Bien sûr que non. Je vous l'ai déjà dit, je ne mélange pas plaisir et travail : si vous pensez que notre petite aventure me prédispose à l'aider, votre jugement est erroné. Comme on fait son lit, on se couche. Parfois définitivement.

La panique la gagna.

Elle devait se concentrer, ne pas perdre de vue l'homme qu'il était. Un homme qui ne serait jamais allé jusqu'à Londres s'il n'avait pas été au moins un peu intéressé par la proposition de Laurence.

— Mais vous êtes intéressé par le fonds, n'est-ce pas ?

Cesare inclina silencieusement le menton en signe d'assentiment.

— Alors, pourquoi ce délai dans votre réponse ?

Son regard flamboyant la traversa à nouveau.

— Je ne pense pas que cela vous concerne.

Elle se mordit la lèvre.

Il avait raison. Ça n'allait pas fonctionner. Il ne bougerait pas, et elle aurait dû le savoir. Elle avait seulement réussi à piétiner sa propre fierté en venant ici, et peut-être affaiblir les chances de Laurence.

— Vous avez raison, soupira-t-elle en hochant la tête. Je n'aurais pas dû venir. Je pensais que vous pourriez comprendre, je ne sais pas ce à quoi je m'attendais… J'aurais dû savoir le genre d'homme que vous êtes. Vous n'avez pas de compassion en vous.

Cesare la regarda comme s'il avait affaire à une folle.

— De la compassion ? Il s'agit d'affaires, et de strictement rien d'autre. Si j'investissais plus de cinq cents millions dans un fonds pour faire plaisir à une femme avec qui j'ai couché, je n'aurais bientôt plus rien à investir.

L'acidité de sa réplique la transperça comme une lance. Elle ne se faisait pas d'illusions sur ses prouesses sexuelles, mais l'idée de faire partie du nombre incalculable de femmes qu'il avait réussi à mettre dans son lit la révulsait. Il la diminuait en disant cela.

Elle hocha la tête.

— Peut-être vaut-il mieux oublier ma venue, monsieur Durante.

Elle avait de nouveau utilisé son nom de famille pour rétablir le caractère formel de leur relation. Elle attrapa son sac à main sur la table de réunion et se dirigea vers la porte.

Cesare suivit Jemima du regard alors qu'elle filait vers la porte comme si elle voulait fuir.

Son intrusion l'avait irrité, mais il n'appréciait pas de la voir partir.

Ses avocats avaient débloqué les fonds plus tôt dans la journée, et paradoxalement, il avait prévu d'appeler Laurence dans l'après-midi pour finaliser les derniers détails de la transaction, mais Jemima ne lui en avait pas laissé le temps. La tornade blonde avait déboulé, avec ses yeux pleins de défi, ses lèvres tremblantes, son odeur de vanille et ses courbes insolentes. Les quatre semaines qu'il avait passé à regretter d'être tombé sous son charme s'étaient volatilisées à l'instant où elle était entrée dans la pièce.

Sa visite lui avait plaisir, en fait. Il voulait la revoir, il ne s'en rendait compte qu'à présent, alors qu'elle allait fermer la porte derrière elle.

— Attendez.

Elle s'immobilisa, la main sur la poignée.

Il ne bougea pas, désireux de garder un tant soit peu de contrôle sur la situation, même si son corps lui criait de la rattraper, de l'attirer au creux de ses bras.

— Il faut que j'attende quoi ?

Des mots secs, dénués d'illusion.

S'il avait été un homme différent, il aurait atténué sa réponse ou aurait menti. Mais il ne faisait pas dans le mensonge.

— Que je vous dise que je vous veux.

Il la vit écarquiller les yeux. Ses lèvres s'entrouvrirent, mais elle ne trouva pas ses mots. Le rouge lui monta aux joues, et la pointe de ses seins durcit sous le tissu de son chemisier.

Lui-même se sentit réagir. Le désir montait en lui.

Il avait passé la majeure partie de sa vie adulte à contrôler ce qu'il se passait autour de lui et ne s'était jamais autorisé à éprouver un quelconque sentiment pour ses maîtresses.

La situation était similaire : il s'agissait de sexe, pur et dur, et une fois n'avait pas suffi. Peut-être était-ce la synchronicité de leur jouissance, sa surprise et son innocence, ou la brutalité avec laquelle il avait mis fin à leurs ébats. Il n'avait pas réussi à se sortir Jemima Woodcroft de la tête, et voilà qu'elle était face à lui, dans son bureau : une seconde chance.

Il leva une main en l'air, stoppant net les questions qu'elle pourrait avoir.

— Écoutez… Vous vous inquiétez pour votre cousin. Très bien. Vous vouliez que j'apaise vos inquiétudes en investissant dans son fonds dès aujourd'hui, n'est-ce pas ?

Jemima se mordit la lèvre et hocha la tête.

Il choisit d'ignorer la lueur anxieuse au fond de son regard. Il ne s'agissait pas de sollicitude ni de compassion, et elle aurait eu tort d'espérer le voir manifester ces deux qualités. Ils parlaient affaires, rien d'autre. Elle représentait pour lui une acquisition, un peu comme une société qu'il aimerait s'offrir. Comment n'y avait-il pas pensé plus tôt ? Profiter de la situation pour s'offrir ce dont ils avaient tous les deux envie ? Les termes étaient différents, bien sûr, mais aussi agréable que soit le résultat, il négocierait avec la même férocité qu'à son habitude.

Il fut envahi d'une excitation convulsive. Arrivé derrière son bureau, il y posa les deux mains à plat et énonça lentement :

— Dans le petit monde des transactions à haute valeur, il est de coutume d'offrir quelque chose en échange de ce que l'on cherche à obtenir. Si je devais investir au risque de jeter mon argent par les fenêtres, j'attendrais une contrepartie.

Il ne jetterait pas son argent par les fenêtres. Selon ses informations, le fonds spéculatif verrait sa valeur doubler dans les six prochains mois. Mais Jemima ne le savait pas.

Pour l'instant, elle restait silencieuse.

— Vous avez pensé à moi, depuis cette fameuse nuit ? demanda-t-il, les yeux braqués sur elle pour ne rien manquer de sa réaction.

Elle haussa les épaules.

— Est-ce que cela importe ? Vous avez pensé à moi, vous ?

— Oui.

Il soutint son regard et ajouta :

— Vous n'étiez pas ce à quoi je m'attendais.

Elle leva le menton avec dédi.

— Alors, je suis un genre d'énigme, pour vous ?

Une énigme ? Oui, c'était probablement ça. Sinon, comment expliquer la fascination qu'elle exerçait sur lui ? Le fait qu'il repensait incessamment à leur nuit ensemble ?

Les pupilles de Jemima s'étaient dilatées, et il fut à nouveau saisi de l'impérieuse envie de la faire sienne.

Il la désirait, mais pas comme la dernière fois. Il voulait prendre son temps, savourer chaque baiser, chaque caresse, chaque sensation. Une nuit de plus ne serait pas assez. La fièvre serait plus longue à étancher…

— Peut-être, oui. J'ai une proposition. Voyez-la comme une manière d'aider Laurence et de nous donner ce que nous avons l'air de vouloir tous les deux : j'investirai dans le fonds cet après-midi sans retard si vous consentez à mon offre.

Elle croisa les bras, mettant sa poitrine en valeur, et il laissa malgré lui son regard se perdre dans son décolleté.

— *Quelle* offre ?

Il était proche de la ligne d'arrivée, il le savait. Le succès flottait dans l'air.

— Deux semaines.

Un petit cri s'échappa des lèvres de Jemima. Les joues rouges, elle avait quelque chose d'une rose sur le point de s'effeuiller. Il savait qu'elle allait dire oui.

Il contourna le bureau pour la rejoindre près de la porte. Elle savait exactement ce qu'il lui proposait, mais il crut bon d'ajouter :

— Dans mon lit.

Elle l'observa, les yeux brillants.

— Mais… pourquoi ?

Elle avait murmuré sa question.

Il fallait qu'elle connaisse le caractère univoque et froid de sa proposition. Plus jeune, il s'était promis d'obtenir le succès et l'argent sans jamais laisser les sentiments se mettre en travers. Du sexe, bien sûr, mais rien de plus. Surtout avec Jemima, dont le naturel, lorsqu'elle était entre ses bras, avait quelque chose d'infiniment troublant.

Il leva un doigt et le posa sur sa bouche, la contraignant au silence.

— Je ne suis pas en recherche d'une relation. Ni avec vous ni avec aucune autre femme. Ce que je vous propose est un arrangement clair, parfaitement défini.

Elle se lécha inconsciemment les lèvres, et il ressentit la pulsion de glisser un doigt entre les deux parties charnues et roses pour sentir leur humidité se refermer autour de lui.

Bientôt. Il ne lui fallait plus que son consentement, et tout pourrait recommencer.

— Expliquez-moi, murmura-t-elle d'une voix étranglée.

C'était déjà gagné.

— Pour les deux semaines à venir, vous serez à mes côtés du matin au soir. Dans mon lit dès que je le désirerai, à mon bras quand il le faudra. Mienne, dans tous les sens du terme.

Une fois de plus, tremblante, Jemima répéta :

— Mais pourquoi ?

Il accueillit sa question d'un rire dur.

— Il faut vraiment que je vous explique ?

Il fit un pas en avant, collant les lignes dures de son corps aux courbes voluptueuses de Jemima. Pressée contre la porte, elle corrigea sa formulation :

— Pourquoi devrais-je accepter tout cela ?

Il eut un sourire.

— Mis à part le fait que votre cousin est désespéré et que vous avez indiqué être prête à tout pour l'aider ?

Les joues cramoisies, elle lui jeta un regard qui re[illegible] blait à du dédain.

C'était très bien. Un rappel de plus de

aristocrate, pourrie-gâtée, snob. Tout ce qu'il détestait. Aujourd'hui qu'il avait fait fortune, les familles nobles les plus titrées faisaient la queue pour lui sourire, lui passer la pommade. Le dédain de Jemima n'avait rien de nouveau pour lui : c'était la raison principale pour laquelle il ne fréquentait aucune femme de haut rang. Ça n'était et ce ne serait que du sexe.

— Je suis le seul homme avec qui vous ayez couché, reprit-il avec un mince sourire. Vous avez encore beaucoup à apprendre.

Elle lui jeta un regard plein de mépris.

— Comment savez-vous que vous avez été le seul ?

— J'étais là, l'autre nuit. Vous vous en souvenez ?

Lorsqu'elle répondit, ce fut d'un ton voilé et rauque.

— Vous étiez mon premier. Ça ne veut pas dire qu'il n'y en a pas eu d'autres.

Cesare se vantait de son esprit vif, mais il mit quelques secondes à comprendre. Et là, une vague de jalousie mâle s'abattit sur lui.

— Vous mentez !

Il avait à peine achevé sa phrase qu'il capturait ses lèvres, les mains plaquées sur ses hanches. L'idée d'un autre homme l'embrassant, la touchant, assaillait son esprit, et il dut combattre l'instinct primaire de possession illogique, irrépressible, indéniable qui le tenaillait. Un juron lui échappa, et il accentua son baiser, comme pour lui montrer qu'il pouvait la satisfaire plus que n'importe quel autre homme.

— Q[...]e importance ? répondit-elle contre ses lèvres, avant [...]clamer à nouveau.

[...]tance ? Sa détermination s'en trouva [...]uerait les autres hommes de son esprit, [...]le leurs étreintes en la faisant sienne. [...]n orgueil tenait la barre.

5.

Jemima se noyait, mais elle ne s'en souciait même pas. L'eau envahissait ses poumons, ses yeux, son cœur. Elle se noyait et n'y pouvait rien : pourquoi essayer de sauver sa peau ? C'était ce qu'elle voulait. S'il fallait recommencer, elle n'hésiterait pas à se sacrifier de nouveau.

Les mains de Cesare sur son corps, puissantes, jalouses, ses lèvres affamées, son sexe tendu sous ses vêtements, éveillaient en elle un désir incommensurable. C'était plus puissant que la dynamite, plus intense qu'un feu d'artifice.

Elle lui avait menti. Sa fierté l'avait poussée à effacer le sourire suffisant qu'il arborait. Cesare avait beau avoir raison – il avait été le seul, et ses rêves, depuis, étaient pleins de lui –, cette vérité ne l'autorisait pas à tenir son obéissance pour acquise. Il méritait de voir son arrogance battue en brèche, sa confiance en lui ébranlée. C'était un salaud terriblement attirant, certes, mais c'était un salaud.

Les mains de Cesare pressaient maintenant l'étoffe de son chemisier : dans sa hâte, un des boutons, arraché, atterrit sur le plancher avec un petit cliquetis, mais elle y prêta à peine attention. Elle se délectait de ses mains qui avaient dégrafé son soutien-gorge et empaumaient maintenant sa poitrine. Elle se haussa contre lui et enroula les jambes autour de sa taille, maudissant le jean qui faisait barrière à son excitation.

Cesare le comprit parfaitement, il vint plaquer son sexe contre elle, trouvant sans difficulté le point sensible de son entrecuisse malgré les vêtements qui les séparaient.

Ses quelques mouvements de va-et-vient l'amenèrent aux portes du plaisir. Sa langue tourmentait sa bouche, ses mains contrôlaient les pointes durcies de ses seins, elle était à sa merci.

Elle le voulait. Après quatre semaines à fantasmer sur ses caresses, ses baisers, goûter de nouveau à la réalité était divin. Le plaisir monta en elle, une vague qu'elle n'hésita pas à chevaucher, le souffle court. Mais elle était insatiable. Il lui fallait plus. Au diable Laurence, le fonds spéculatif et même l'arrangement proposé par Cesare. Elle n'était plus qu'une boule de sensations suppliant qu'on la satisfasse.

— Je t'en prie, gémit-elle en se pressant contre son bassin, à l'extrême limite de l'orgasme.

— Non.

Il releva la tête et la reposa doucement au sol.

Pantelante, elle le regarda sans comprendre.

Sans le rouge qui colorait ses pommettes, elle aurait pu le penser indifférent à ce qu'il venait de se passer. Elle avait pourtant senti son implication, son désir aussi féroce que le sien. Mais il la regardait à présent froidement, comme détaché de tout, redevenu l'homme d'affaires impitoyable.

— Vous serez ma maîtresse. Pour deux semaines. En échange, je vous ferai découvrir un plaisir que vous ne soupçonnez même pas.

Elle cilla, son corps refusant de revenir à la raison et d'admettre qu'il utilisait son magnétisme pour lui imposer un chantage odieux.

— Je ne suis pas à vendre.

Un éclair amusé passa sur le visage de Cesare.

— Tout le monde a un prix. Vous voulez que je sauve votre cousin ? Je peux le faire. Vous voulez, vous m'en priez, que je vous fasse l'amour ? Vous voulez que je vous caresse toute la nuit jusqu'à vous rendre folle ? Je peux le faire. Toutes ces raisons sont bonnes, choisissez celle qui vous convient le mieux.

Elle avait beau se retenir de le gifler, il avait raison. Elle avait besoin de ça, de lui. Quant à Laurence, elle était prête à tout pour lui. Leurs avenirs étaient étroitement liés, et il était comme un frère pour elle. Mais l'affection qu'elle lui portait n'entrait pas dans sa décision. La raison pour laquelle elle s'apprêtait à céder était tout autre : elle sacrifierait tout pour goûter au plaisir que Cesare lui faisait ressentir.

Y compris sa fierté ?

Apparemment.

— Et à la fin des deux semaines ? murmura-t-elle, les yeux mi-clos pour ne pas voir son expression triomphante.

— Vous disparaissez de ma vie, sexuellement comblée et l'avenir financier de votre cousin assuré.

— C'est aussi simple que ça, murmura-t-elle comme pour elle-même.

— Absolument.

— Et si ça se complique ? Et si au bout des deux semaines, vous ne voulez plus me laisser partir ? Ou si je veux rester ?

Impitoyable, Cesare secoua la tête.

— Ce n'est pas le contrat. Vous savez ce que j'offre, il n'y a rien de plus sur la table. C'est un arrangement tout aussi contraignant que ceux que je noue dans mon travail.

Elle tâcha d'ignorer son cœur qui battait la chamade.

— Il faut que j'y réfléchisse…

Sa réponse fut accueillie par un rire glacé.

— Qu'est-ce qu'il y a de drôle ?

— Il est évident que vous allez dire oui. Ne mentez pas.

Il porta un doigt à ses lèvres et suivit leur courbe, forçant l'entrée. Elle l'accueillit de ses dents, mordant silencieusement la chair comme un avertissement.

— Vous êtes incroyablement arrogant, murmura-t-elle.

— C'est vrai.

Seigneur, pourquoi n'avait-elle pas réussi à l'oublier ? Comment avait-il fait pour s'imposer à elle à ce point ?

— Je ne vous apprécie même pas…

— Alors, il est heureux que je ne vous demande pas de m'apprécier, murmura-t-il. L'appréciation mutuelle n'a rien à voir avec cette démarche. Je vous demande de devenir ma maîtresse, pas ma petite amie. C'est oui ou c'est non.

Si seulement elle avait pu s'opposer à sa proposition ! Mais sa conscience avait joué les filles de l'air : elle ne se sentait ni outrée ni offensée. Plutôt excitée, à vrai dire. Un mois auparavant, Cesare avait éveillé en elle des sensations qu'elle n'imaginait même pas. Il l'avait ramenée à la vie, en un sens, et malgré ce qu'elle pensait de lui, elle n'avait aucun doute sur le fait qu'il était capable de la guider sur le chemin de sa sensualité. Peut-être pourrait-elle envisager la question sous son angle : un simple arrangement professionnel ? Le plus important n'était pas ce qu'elle en retirerait financièrement, mais physiquement. Voulait-elle coucher avec Cesare Durante ? Voulait-elle devenir sa maîtresse pour une courte période ?

Oui. Elle pouvait s'accommoder de cette situation parce qu'elle savait au plus profond d'elle-même que le choix était sien. Il lui présentait une option : elle ne l'acceptait que parce qu'elle le désirait. Il fallait qu'elle prenne une décision.

Elle plongea son regard dans le sien.

— Il y a le défilé Feranti e Caro la semaine prochaine, murmura-t-elle dans un dernier sursaut défensif.

— Annulez-le.

— Impossible. Il s'agit de ma carrière, et je ne les laisserai pas tomber. Je n'annule jamais un défilé prévu.

Les lèvres pincées, Cesare resta silencieux un instant, avant de hocher finalement la tête.

— Très bien. Une soirée. Le reste du temps, vous m'appartenez.

Un frisson d'excitation mêlée de plaisir et d'anticipation la parcourut.

Elle aurait voulu lui dire qu'on ne peut pas posséder un être humain, que cette idée est aussi ridicule que patriarcale, mais elle savait, au fond, qu'elle avait envie de s'offrir à lui. Elle en avait eu envie dès la première seconde de leur rencontre, et c'était un sentiment dont elle ne pouvait se défaire.

Il aurait été facile d'oublier la raison de sa venue, son cousin et tout ce qu'elle lui devait. Mais Cesare se chargea de le lui rappeler.

— Mes avocats contacteront Laurence. Il faudra quelques jours pour que les fonds soient transférés.

Il fit demi-tour vers son bureau et griffonna quelque chose au dos d'une carte de visite qu'il lui tendit.

— Vendredi. Rendez-vous à cette adresse.

Elle jeta un coup d'œil à ce qu'il avait écrit : « Hôtel Sables d'Or, Cannes ».

Il fit courir un de ses doigts le long de sa joue, le regard ancré dans le sien.

— Ne me décevez pas.

Elle laissa échapper un soupir.

— Vous pouvez compter sur moi.

Il l'embrassa de nouveau, plus lentement, comme s'il cherchait à définir le goût de ses lèvres. L'effet était le même : elle sentit ses jambes faiblir et son esprit se vider.

Comme elle se retenait à lui avec un petit rire, il eut un hochement de tête confiant.

— Vous oublierez bien vite le type avec qui vous avez été après moi. Je m'en assurerai.

Un pied après l'autre, droit et vite, le regard fixé sur l'objectif.

Cesare jeta un coup d'œil à sa montre connectée qui indiquait sa vitesse et le rythme de son cœur, mais il ne fallait pas se déconcentrer. Il leva les yeux et continua sa course.

Rome filait derrière lui, flou comme tous les soirs, lorsque son jogging le portait aux portes de la cité antique jusqu'à la banlieue sordide d'où il s'était arraché.

Les cinq premières années de sa vie semblaient l'attendre sur le pas de l'immeuble en ruine que seule sa peinture écaillée semblait maintenir encore debout. Les graffiti de la rue étaient délavés par la pluie et les saisons, comme si les gangs même avaient déserté ce quartier miséreux. À chaque fois, son pas ralentissait, et il écoutait les bruits du quartier, respirait son odeur, se souvenait : c'était là qu'il avait démarré.

Toujours, quel que soit le rythme de sa course, quel que soit le niveau de sa fortune, il ressentait une menace latente. Il fallait courir parce que s'il s'arrêtait, s'il modifiait la trajectoire de sa vie, il échouerait ici de nouveau, seul et sans le sou, comme lorsque, enfant, il était affamé et sentait son estomac se tordre à l'approche d'une autre nuit de jeûne.

Il avait trente-cinq ans. La période à laquelle il pensait était loin derrière lui, mais ses souvenirs ne lui laissaient pas de répit. Malgré tout ce qu'il avait amassé, rien ne faisait taire le petit garçon famélique et morveux qu'il avait été, à côté duquel on passait en accélérant le pas pour ne pas voir la pauvreté en face. L'ironie était glaçante : aujourd'hui, les plus grandes puissances lui prêtaient l'oreille. À l'époque, sa voix chétive ne semblait trouver d'écho chez personne.

Jemima avait effectué de nombreux séjours à Cannes. Pour elle, rien n'était plus beau que les jardins de la ville. Elle pouvait se perdre des heures au jardin des Oliviers, buvant le soleil sous son large chapeau de paille. Mais jamais elle n'avait soupçonné le luxe que recélait le penthouse de cet hôtel, délirant dans sa débauche de rococo romantique.

Romantique... Il n'y avait pourtant rien de romantique à sa venue. Cesare Durante l'avait plus ou moins jetée dehors lorsqu'il s'était avisé qu'elle était vierge, avant de virer de cap un mois plus tard en proposant de la remettre dans son lit. Allez trouver le romantisme là-dedans...

Elle traversa les pièces aux plafonds hauts pour s'approcher des baies vitrées gigantesques offrant une vue imprenable sur le bassin où se pressaient les yachts illuminés, terrain de jeux pour millionnaires oisifs.

Le soir était chaud, baigné du sel de la baie, et elle inspira longuement, tentant de recouvrer son calme.

L'argent était parvenu à Laurence le jour précédent, dissipant immédiatement le stress intense auquel celui-ci était soumis depuis un an.

— Ça va aller, Jem. Désormais, tout ira bien, lui avait-il dit dans un soupir de soulagement.

Il avait peut-être raison. Si le fonds tenait ses promesses, la propriété d'Almer Hall serait épargnée. Après une décennie à tenter de sauver le domaine familial, les choses étaient peut-être sur le point de s'arranger.

Le son d'une porte qu'on claquait la ramena à la réalité.

Cesare venait d'entrer, et pour la première fois depuis leur rencontre, il n'était pas en costume. Il avait enfilé un jean sombre et un polo bleu ciel au col légèrement relevé. Son regard scanna la pièce et s'arrêta sur elle, comme surpris de la voir.

Pétrifiée, elle songea qu'elle ressemblait à une biche prise dans la lueur des phares. Elle avait passé sa vie à projeter une image d'elle qu'elle contrôlait, mais toute posture la quittait en présence de Cesare.

— Bonsoir, lança-t-elle, le ton voilé.

Il s'arrêta net, comme émergeant d'un rêve diurne.

— Jemima.

Une veine battait à sa tempe, il la dévorait des yeux.

Elle se félicita d'avoir choisi une tenue qui la mettait en valeur autant qu'elle la protégeait. Presque pas de maquillage, et une robe simple mais infernalement sexy.

Le regard de Cesare s'attarda sans aucune gêne sur son corps.

— Me voici, finit-elle par dire pour briser le silence. Une maîtresse, au rapport.

— Payée, et livrée dans les temps…

— Pas tout à fait, s'entendit-elle répondre dans un mécanisme de défense.

— Vous avez parlé à votre cousin ?

Elle hocha lentement la tête.

— Il est ravi.

Cesare arbora un air sardonique.

— J'imagine. Cinq cents millions de livres sterling, c'est une somme.

L'idée qu'il soit prêt à aligner une telle fortune pour la mettre dans son lit était aussi flatteuse qu'étrange. Cet homme aurait pu avoir n'importe quelle femme, et il décidait de jouer un tel montant pour elle…

— Je suis sûre que ce n'est pas de l'argent perdu.

— Nous verrons bien.

Sans prévenir, il leva les mains vers les bretelles de sa robe et les fit glisser le long de ses épaules.

— Vous êtes trop habillée, ajouta-t-il, le regard fixe.

Elle sentit son cœur battre à un rythme plus élevé sous le coup de fouet du désir.

— Vraiment ?

— J'adorerais que vous passiez les deux prochaines semaines nue, répondit-il d'une voix amusée.

L'idée de déambuler nue au sein de ce penthouse luxueux, attendant son retour pour se livrer à ses bras, lui donna un frisson délicieux.

— Vous le seriez aussi, je présume, contre-attaqua-t-elle.

Il lui adressa un sourire suave.

— *Certamente.*

Elle ne portait pas de soutien-gorge sous sa robe. Alors que les pouces de Cesare passaient à nouveau sous ses bretelles, le tissu glissa, révélant sa poitrine tendue. Les cheveux lâchés sur les épaules, elle ne portait plus que son string à lacets de soie et ses talons stiletto.

Cesare recula d'un pas comme pour prendre la pleine mesure de sa beauté, laissant impunément traîner son regard sur la courbe de ses seins, la ligne de ses hanches. Ses yeux semblaient marquer leur propriété au fer rouge.

Si proche de lui, les souvenirs de ce qu'ils avaient déjà partagé affluaient, leurs hormones se reconnaissaient.

La gorge nouée, elle écarta du talon sa robe étalée à terre et envoya valser ses chaussures.

— Vous, vous portez toujours vos vêtements, fit-elle remarquer, la voix chaude.

Il hocha la tête.

— Peut-être faudrait-il faire quelque chose à ce propos ?

C'était ridicule de se sentir timide, mais elle l'était. C'était la première fois qu'elle allait déshabiller un homme. Vu son métier, elle avait vu des dizaines de corps masculins nus, mais c'était une chose différente de saisir le polo de Cesare entre ses doigts pour le faire remonter le long de son torse musclé. Elle dut se hisser sur la pointe des pieds pour le faire passer au-dessus de sa tête, collant involontairement son corps au sien, ses tétons durcis venant frotter son torse. Elle n'attendait plus que ses lèvres, partout sur elle. Le souffle court, elle laissa le polo tomber au sol et porta son attention sur son jean. Ses doigts tremblaient légèrement. Elle se força à la concentration. Enfin, le bouton de cuivre céda, et elle s'attaqua à la braguette. À genoux pour aider Cesare à se déchausser et à se libérer du jean, elle se trouva bientôt face à l'évidence de son érection. Chaque muscle de son corps était parcouru de tressaillements, balayé par l'adrénaline. Elle leva les yeux vers lui, et il lui tendit la main pour l'aider à se relever.

Leurs visages étaient désormais si proches qu'il aurait suffi d'un léger basculement pour sceller leurs lèvres.

— Je ne suis pas encore nu, fit observer Cesare dans un grondement sourd.

— Non, admit-elle. Pas encore.

Elle fit descendre ses mains vers la taille de Cesare, glissant les pouces sous l'élastique du boxer pour le faire glisser le long de ses jambes. Après s'en être débarrassé, il la ramena contre son corps dur, lui arrachant un gémissement au contact de son sexe.

— À toi, maintenant, murmura-t-il en s'agenouillant pour lui retirer son string.

La main posée sur son épaule, elle sentit le tissu frôler ses jambes comme une caresse.

— Sais-tu à quoi j'ai pensé tout l'après-midi, dans mon bureau ? demanda Cesare une fois relevé, en glissant la main entre ses cuisses.

— Non, gémit-elle, troublée de remarquer qu'il la tutoyait de nouveau.

— À toi, et à tout ce que j'allais faire pour t'amener à l'orgasme.

Son sourire se fit diabolique, arrogant.

— J'ai pensé à ça, reprit-il en pressant l'un de ses doigts contre son sexe, lui arrachant un gémissement. Et à ça...

Elle s'ouvrit sous son toucher et l'entendit à peine prononcer « Et à ça », alors qu'il faisait glisser un premier doigt en elle. Un long gémissement lui échappa, et elle enfouit les ongles dans ses épaules.

— J'ai pensé aussi que j'allais te goûter, ajouta-t-il, en la poussant doucement dans le fauteuil le plus proche.

Sans lui opposer de résistance, elle le regarda coller les lèvres à son sexe et sentit l'épaisseur de sa langue s'infiltrer dans son sillon humide. Comme elle se cabrait involontairement, Cesare lui saisit fermement les hanches pour l'immobiliser.

Elle était désormais impuissante, prisonnière de sa langue. Les deux mains perdues dans les cheveux de Cesare, tremblante, elle s'abandonna aux vagues de plaisir que ses caresses déclenchaient en elle. Il la hissait aux portes du nirvana, et lorsque l'étincelle s'embrasa, explosant dans son bas-ventre, elle accueillit l'orgasme avec une étrange sensation, comme si la tempête qui s'abattait sur elle était non seulement bienvenue, mais légitime.

6.

Jemima écarta le drap et s'assit sur le bord du lit gigantesque, le regard tourné vers la fenêtre.

Sans surprise, Cesare était parti avant son réveil.

La lumière inondait la pièce. Elle jeta un coup d'œil au radio-réveil et poussa une exclamation.

Il indiquait 10 heures ! Elle n'avait pas dormi aussi longtemps depuis une éternité…

Ce n'était pas si étonnant, après la nuit précédente.

Elle gémit langoureusement alors que le flot des souvenirs l'assaillait. Son corps était raide, ses muscles brusqués de la plus délicieuse des façons.

Elle prit une longue douche, avant d'enfiler un bikini et un caftan fleuri, offert par un ami, couturier de renom. Alors qu'elle passait à la cuisine pour se faire un café, elle remarqua la carte posée contre la machine à son intention.

Parti travailler. Je reviens ce soir.

Repose-toi, tu en auras besoin.

Le rouge aux joues, elle relut la carte, s'enivrant du désir lancinant que les derniers mots déclenchaient en elle. Le sourire ne la quitta pas de la matinée.

C'était une journée d'été splendide, chaude mais balayée par un vent léger qui rendait la température supportable. En milieu d'après-midi, son impatience commença à se faire sentir.

C'était ridicule, ils avaient déjà fait l'amour toute la nuit ! Quand était-elle devenue si insatiable ?

Elle attrapa une serviette et prit la direction de la piscine, décidée à évacuer le trop-plein d'énergie qui la consumait, mais la nage n'aida pas. Le jour descendait lorsqu'elle se rendit à la salle de sport de l'hôtel pour courir dix kilomètres sur le tapis, sans plus de succès.

Deux heures plus tard, après une bonne douche, elle enfila un peignoir, s'installa sur un canapé et ouvrit le roman qu'elle avait emporté. Au bout de quelques minutes, elle ferma les yeux et tomba dans un sommeil profond.

Une main sur son épaule la réveilla.

— Oh ! il est tard ? murmura-t-elle, tout ensommeillée. Je me suis endormie.

— Je vois ça, rétorqua Cesare avec un sourire amusé. Tu en avais besoin.

— C'est le moins qu'on puisse dire.

— Tu as faim ?

Elle cilla, chassant les dernières bribes de sommeil, et hocha la tête.

— Je suis affamée. Je n'ai pas mangé de la journée.

Il lui tendit la main pour l'aider à se lever, et une fois à sa hauteur, elle ne put s'empêcher de défaire le premier bouton de sa chemise.

Ce n'était que la base de son cou qu'elle découvrait, une partie de son corps accessible à tous, mais la vue de la naissance de son torse bronzé lui assécha la gorge.

— Est-ce que tu veux sortir pour dîner ?

— On peut rester ici, répondit-elle d'une petite voix embarrassée. Au moins, je n'aurais pas à me préparer.

— Te préparer ?

— Maquillage, coiffure, etc.

Cesare la dévisagea un instant d'un air perplexe, comme si elle n'avait nul besoin de ces artifices pour lui plaire, puis il attrapa le téléphone de l'hôtel. La connexion s'établit, et il s'exprima dans un français parfait.

Elle-même n'en possédait que quelques notions, elle se trouva incapable de suivre son rythme rapide.

Il reposa le téléphone et se tourna vers elle.

— Pourquoi est-ce que tu t'ennuies avec tout ça ?

Comme elle cillait, décontenancée, il précisa :

— Le maquillage, la coiffure…

Elle secoua la tête, un sourire aux lèvres.

— Est-ce que tu as déjà ouvert un de ces liens sur Internet ? Les stars sans maquillage ?

— Ça existe vraiment, ce genre de sites ? demanda-t-il en sortant une bouteille de vin du cellier.

Il versa deux verres et lui en tendit un.

— Oh que oui ! Tu n'imagines pas leur fréquentation. Je suppose que c'est rassurant de penser que même les célébrités peuvent ne ressembler à rien de temps en temps.

Cesare n'était visiblement pas convaincu.

Elle lui sourit.

— Ne me jette pas ce regard, ce n'est pas moi qui ai lancé l'idée. Je la subis plus qu'autre chose.

— Toi ?

Il semblait plus sceptique encore.

— Ne mens pas, je suis sûr que tu as regardé ! Les mauvais angles, la mauvaise lumière, tout peut prêter à une photo horrible. On m'a même annoncée enceinte trois fois, lorsque je sortais de table… Les clichés de ce genre se vendent plus cher que ceux qui sont pris sur les tapis rouges.

— Mais tu es magnifique, avec ou sans apprêt !

Stupidement, au vu de son métier de mannequin professionnel et du nombre de compliments qu'elle avait reçus dans sa vie, elle se surprit à rougir.

— C'est un point de vue objectif, clarifia-t-il. Tu es une très belle femme. Tu ne dépareillerais pas sur la Croisette.

— Bon, ça suffit, arrête les bêtises ! s'exclama-t-elle dans un éclat de rire. J'ai du chlore plein les cheveux et j'ai couru tout l'après-midi…

Il fronça les sourcils sans la quitter des yeux, et elle sentit la chaleur de la nuit précédente monter en elle. Plus il semblait se perdre dans son regard, plus la température augmentait.

Bientôt, elle perdit son sourire.

— Ce n'est pas de la vanité, balbutia-t-elle. C'est juste professionnel.

Cesare prit une gorgée de vin sans la lâcher des yeux.

— Vraiment ?

— Je suis l'image de plusieurs marques de luxe dans le monde : il y a tout un tas de clauses dans mon contrat qui m'obligent à paraître sans défaut, et même sans cela, je prends mon travail au sérieux. J'ai signé pour devenir leur image, et Jemima Woodcroft doit être à la hauteur.

De plus, elle ne pouvait pas se permettre de perdre un contrat. Le fonds de Laurence était peut-être tiré d'affaire et les aiderait bientôt à couvrir les charges étouffantes d'Almer Hall, mais jusque-là, c'était elle qui pourvoyait à la sécurité de sa famille, et elle avait besoin de tout l'argent sur lequel elle pouvait mettre la main.

Comme Cesare restait silencieux, elle se passa une main dans les cheveux, mal à l'aise.

— Toi, bien sûr, plaisanta-t-elle, ce n'est pas le genre de choses dont tu dois te soucier en public.

— Effectivement, admit-il. Mais, si tu n'aimes pas ça, pourquoi te prêter au jeu ?

— Le mannequinat ? Facile. Parce que je suis douée.

— Et c'est la seule chose pour laquelle tu es douée ? demanda-t-il, les sourcils haussés.

— Peut-être.

Elle n'aimait pas penser à ce qu'aurait pu être sa vie si elle avait fait des choix différents.

Désirant clore le sujet, elle dépassa Cesare pour s'approcher de la fenêtre.

Au-dehors, très loin, des yachts illuminés passaient sur la mer d'encre, indifférents.

— La nuit est belle, murmura-t-elle comme pour elle-même.

Cesare traversa la pièce, se rapprochant de la fenêtre dans son dos.

— Qu'est-ce que tu aurais pu faire d'autre dans la vie ? attaqua-t-il de nouveau.

Elle lui adressa un sourire creux, celui qu'elle réservait aux directeurs de casting trop insistants.

— Je n'en sais rien, finit-elle par répondre.

— Tu as bien dû rêver d'autre chose que d'être continuellement attirante ?

Les mots semblaient inoffensifs, mais elle sentit la pique la toucher.

— Ou peut-être pas, finalement, répondit-il à sa place. J'imagine que tu rêvais de devenir Lady Jemima, épouser un lord, un duc ou quelque chose de ce genre.

Sa réponse fut prudemment dénuée d'émotion, comme si la conversation ne la concernait pas.

— Non. Ce n'est pas vraiment mon genre.

— Tes parents ne tenaient pas à ce que tu épouses un type riche avec un titre de noblesse ?

Elle ferma les yeux un instant pour dissimuler à Cesare l'éclair de douleur qui l'avait traversée au souvenir de la mort de Cam et de la perte de tout intérêt pour elle que ses parents avaient manifestée après ce tragique événement. Cam disparu, c'était comme s'ils étaient partis, eux aussi.

— Ils ne sont pas aussi impliqués que ça dans ma vie, lâcha-t-elle.

— Alors, ce n'est pas pour ça que tu te préservais ? Pour un type coincé dans un costume bardé de décorations ?

C'était assez. Elle se retourna pour faire face à Cesare.

— Loin de là. Ça ne te dérangerait pas de changer de sujet ?

— Tu n'aimes pas parler de ça ?

— Pas vraiment, non.

— De tes parents ou de ton travail ?

— Des deux…

Elle leva le menton, acide.

— Je ne suis pas en thérapie, ici. Je te rappelle que tu as voulu de moi pour une unique raison, tu te souviens ?

Elle usait sciemment de ce prétexte pour le détourner de son étrange envie d'en apprendre plus. Elle avait son jardin secret. Cesare ne lui offrait rien au-delà de deux semaines. Pourquoi devrait-elle lui ouvrir son cœur ?

— Je comprends, finit-il par dire en se passant la main dans les cheveux pour trouver une contenance. Le sujet est clos.

Il prit son visage levé entre ses mains et lui caressa les joues de ses pouces.

— Tu as passé une bonne journée ?

— Très bonne. Et toi ?

Il haussa les épaules et répondit :

— J'ai acheté une compagnie aérienne.

Elle cilla.

— Quoi ?

— Pas une très grosse. Soixante-dix appareils, à peu près. Mais c'est la première fois que je mets le pied dans l'aéronautique.

— Donc, hier, tu as acheté pour un demi-milliard de dollars de fonds, et aujourd'hui, tu te payes une compagnie aérienne ?

Il lui adressa un sourire complice :

— Je crois qu'il faudrait surveiller mes cartes de crédit, je fais n'importe quoi en ce moment.

— Apparemment, confirma-t-elle, incrédule, avant de reprendre une gorgée de vin. Et la compagnie aérienne était vendue avec les hôtesses ? Quelqu'un à qui parler après mon départ, peut-être ?

Cesare resta silencieux, et l'atmosphère se chargea d'une intensité qui n'avait plus rien à voir avec leur conversation.

Elle sentit son pouls accélérer.

— Tu avais déjà fait ça auparavant ? demanda-t-elle.

— Fait quoi, *uccellina* ?

— Manœuvrer pour mettre une femme dans ton lit.

— C'est ce que j'ai fait ?

Elle hocha la tête, gardant pour elle le fait qu'elle avait été ravie d'être ainsi manipulée.

— On peut parler d'une manœuvre, voire même d'un

chantage, ajouta-t-elle en faisant légèrement traîner sa remarque.

Il n'y eut pas de honte dans le regard de Cesare, juste une petite étincelle de triomphe.

— Non.

— Vraiment ? Ça n'était pas du chantage d'accorder de l'argent à la seule condition que je passe les deux prochaines semaines dans ton lit ?

Sans plus s'excuser, il l'attira à lui.

— Non, je n'avais jamais fait ça auparavant, clarifia-t-il. En général, je n'ai pas à faire de chantage aux femmes pour les attirer dans mon lit. Je ne suis pas en manque de compagnie.

La jalousie la prit par surprise, comme un coup de poing à l'estomac.

Elle connaissait pourtant l'homme qui lui faisait face : il changeait de conquête comme de chemise. Lorsqu'il l'avait embrassée pour la première fois, elle s'était dit que l'intensité de ce baiser exprimait son triomphe personnel, celui d'une victoire de plus, d'une femme de plus dans son lit.

— Alors, pourquoi m'avoir fait chanter ?

— Pourquoi, à ton avis ? répondit-il.

— Je n'en sais rien.

D'une main impatiente, il écarta les pans de son peignoir, révélant sa poitrine nue.

— C'est pourtant simple.

Elle attendit, laissant la brise venant de la fenêtre ouverte tendre ses pointes de seins.

Cesare leva la main et vint caresser l'un de ses tétons du bout des doigts, suivant la ligne de l'aréole rose avec une paresse étudiée. Il ne l'avait toujours pas quittée des yeux et semblait désormais scruter son âme.

Cet homme avait le pouvoir déconcertant d'allumer le feu en elle juste par son silence.

— Tu m'as surpris, finit-il par énoncer. Et je ne suis que très rarement surpris.

Il la plaqua contre l'abattant de la fenêtre et vint presser son érection contre elle.

— Tu étais vierge, continua-t-il en portant sa caresse vers l'autre téton, qu'il taquina avec la même légèreté frustrante.

Une fois de plus, elle s'abandonnait totalement à lui. Elle aurait voulu qu'il empoigne ses seins à pleines mains, qu'il les tourmente, qu'il contrôle tous ses sens.

— Tu ne t'en es même pas... rendu compte, murmura-t-elle d'une voix hachée par le désir.

— J'étais loin de m'en douter.

Ses mains glissaient maintenant vers ses reins pour saisir ses fesses. Elle laissa échapper un gémissement au contact plus prononcé de son sexe contre elle.

— Il y a des dizaines d'histoires sur toi, reprenait-il, tes amants supposés, ta vie... Mais rien qui dise à quel point tu t'enflammes lorsqu'on te touche.

Elle frissonna alors qu'il promenait un doigt sur son mont de Vénus. Elle renversa la tête en arrière, et la bouche de Cesare vint se poser sur ses seins, aspirant l'un après l'autre leurs bourgeons offerts.

Aussitôt, elle gémit, rendue incohérente par la fulgurence du plaisir.

— Quand je pense qu'on ne t'avait encore jamais fait ça ! remarqua-t-il avant de reprendre l'autre téton pour le sucer avec encore plus de force, comme elle le désirait.

Elle voulait Cesare en elle. Vite.

Elle déboucla sa ceinture avec une dextérité qu'elle ne se connaissait pas. Bientôt, il fut nu, et dès qu'il se fut protégé, il laissa échapper un grondement en capturant de nouveau ses lèvres.

Il n'y avait plus de mots, seules des syllabes suppliantes, bégayées, le souffle irrégulier du désir. Soulevée sur le comptoir de la cuisine, elle le sentit entrer en elle en une longue poussée, et elle l'accueillit avec un cri de jouissance étranglé. Sa peau parsemée de picotements mesurait l'effet de ses coups de boutoir profonds, parfaits. Leurs deux corps à l'unisson jouaient une symphonie trébuchante, animale, tendue uniquement vers la jouissance. Cesare était si large, si fort, si complètement dominant dans son emprise qu'elle aurait pu exploser rien qu'en le sentant réclamer son dû.

À la seconde où elle allait jouir, anticipant ses besoins, il prit ses fesses en main et l'assit totalement sur son sexe, mêlant leurs deux corps à la perfection, enfoui en elle.

Elle bascula de nouveau dans un monde où n'existait que la sensation de son cœur battant, de son intimité enserrant son sexe, de ses biceps solides autour d'elle. Lorsqu'elle hurla son plaisir, c'était une autre femme qui hurlait en elle, une femme qui n'existait que pour la jouissance.

Longtemps, il n'y eut que le sifflement de leurs souffles revenant difficilement à la normale. Toujours enfoui en elle, Cesare avait le front posé sur son épaule. Quand elle ouvrit enfin les yeux, il la regarda, satisfait, presque goguenard.

— C'est toujours comme ça ? articula-t-elle avec une candeur non feinte.

Cesare leva le menton, l'œil interrogateur.

— Le sexe, précisa-t-elle.

— Comme quoi ? demanda-t-il, joueur.

— À ce point, euh…

Elle ne termina pas sa phrase, honteuse.

Il aurait fallu lui demander s'il était normal qu'elle ait envie de lui arracher ses vêtements dès qu'il entrait dans la pièce, qu'il envahisse chacun de ses rêves, qu'il soit présent chaque heure au fond de son crâne, à frustrer ses nerfs, à enflammer sa peau. Mais s'il ne ressentait pas cela ? Si elle était seule à devenir folle, esclave sexuelle, livrée pieds et poings liés à son désir égoïste ?

— Le sexe est une chose addictive, murmura-t-il alors que son sexe redevenait dur en elle, mais ça ne dure qu'un temps, selon mon expérience. Je n'ai jamais rencontré de femme que je ne puisse oublier en deux ou trois nuits…

Il recommença à bouger en elle, la forçant à le regarder alors qu'il terminait par ces mots :

— Ça ne durera pas, *uccellina*. Bientôt, toi et moi, nous serons rendus à nos vies respectives.

7.

Si c'était vraiment ce qui allait se produire…

La mine renfrognée, Cesare parcourut le contrat qu'il avait sous les yeux, conscient qu'il luttait pour s'empêcher de jeter des coups d'œil rapprochés à sa montre.

Depuis l'arrivée de Jemima à Cannes, il s'était fait une règle de ne pas bouleverser ses habitudes, mais il était loin d'imaginer que ce serait aussi difficile.

Chaque matin, il pilotait lui-même son hélicoptère jusqu'à Rome, pour le plaisir, il arrivait à son bureau à l'heure habituelle, s'en tenait à ses réunions et à son agenda. Après tout, il n'y avait aucune raison de changer sa routine ! Il n'avait pas manqué un seul jour de travail depuis qu'il avait fondé Durante Inc. Il se moquait de l'armée de cadres qu'il employait pour tenir le navire en cas d'absence inopinée.

Une absence de quelques jours, par exemple…

L'idée voyagea en lui à la vitesse de la lumière.

Quelques jours avec Jemima. Sans contrainte. Sans avoir à laisser derrière lui le matin son corps magnifique endormi sous les draps, à entendre le léger grognement contrarié qu'elle poussait chaque fois en se décalant, protestant contre son départ.

Et s'il prenait le reste de la semaine pour lui ? Pour eux ? Et s'il la réveillait en embrassant ses seins, descendant lentement le long de son ventre, goûtant sa peau et se délectant de ses gémissements embués de sommeil ?

Un juron lui échappa, il se leva de son bureau et fit machinalement quelques pas vers la fenêtre.

Derrière la vitre, Rome semblait le défier de mettre son plan à exécution.

Quelque chose n'allait pas. Les choses étaient différentes de ce qu'il avait anticipé, il y avait un risque de dérapage.

Bien sûr, ça n'était que du sexe. Il le savait, il avait mille raisons de ne pas s'écarter du chemin qu'il avait tracé pour eux deux. Sans même mettre sur la table le fait qu'elle était née avec une cuillère en argent dans la bouche, ce qu'il ne pourrait pas supporter sur le long terme. Il n'aimait pas l'arrogance séculaire de l'aristocratie, ni le dédain avec lequel ces gens-là traitent le reste du monde.

Mais plus important encore, Jemima représentait un danger par elle-même. Comme une drogue, chose qu'il ne tolérerait pas non plus. Sa maîtrise de lui-même était proverbiale. Il refusait de se laisser aller à tout ce qui pouvait nuire à sa carrière, sa société, unique objet de son désir. Sachant cela, comment pourrait-il se laisser intoxiquer par Jemima Woodcroft ? Aucune autre n'avait réussi à ébranler ses convictions, aucune ne lui avait donné envie de mettre son travail de côté pour paresser au lit. Jemima était la première. Pourquoi ?

Bien sûr, elle était superbe, mais sa beauté n'était pas unique, et il avait tendance à privilégier l'alchimie sur la plastique. Donc, ce n'était pas son apparence. Alors, quoi d'autre ? Sa candeur avait peut-être joué un rôle. Elle était vierge lorsqu'il l'avait rencontrée, et son innocence avait éveillé sa curiosité.

Une image malvenue lui vint en tête, qu'il écarta avec un grondement.

Jemima dans les bras d'un autre homme. Quelqu'un d'autre qui lui faisait l'amour.

Ce n'était pas un crime, bien sûr. Elle avait le droit d'expérimenter sa sexualité. Il ne devait pas y penser. Quoi qu'il arrive dans le futur, elle était sienne pour l'instant. Lorsqu'ils parviendraient au terme de leur contrat, il la laisserait aller et la chasserait de son esprit. Cela semblait impossible à imaginer, mais le temps s'occuperait d'éroder la passion. Il triompherait, parce qu'il n'aurait pas rencontré en elle d'opposition qu'il ne puisse vaincre : Jemima était faite d'un métal plus faible que le sien, comme les autres.

La mer de yachts qui s'étendait devant Jemima avait quelque chose d'hypnotique. L'après-midi s'étirait, et elle se rendait compte qu'elle ne se lassait pas de ce spectacle.

Elle s'assit à la table du balcon qui surplombait la mer, les mains sur les genoux, le regard filant entre les mâts qui oscillaient sous la gîte, livrés tout entiers à la lutte éternelle de la marée et de la rive. Au creux de son corps, les mêmes forces d'attraction semblaient répondre à cette logique cosmique.

Chaque jour passé à Cannes lui en apprenait un peu plus sur Cesare. Par exemple, sa ponctualité était proverbiale. On aurait pu régler sa montre à son départ de l'hôtel chaque matin. Sa routine était d'une précision militaire. Il n'était pas difficile d'en déduire qu'il aimait l'ordre et le contrôle.

Tout comme elle-même avait fait carrière du mystère qui nimbait son charme, sans jamais rien révéler de ce qu'elle ressentait, Cesare restait sur la réserve. Si lui se moquait bien de ce que les gens pouvaient penser, la manière qu'il avait de ne jamais dévoiler son jeu était similaire à la sienne.

C'était probablement une bonne chose. Le comprendre trop n'amènerait rien de bon, et la pente était savonneuse.

Elle avait préparé la table du balcon, allumé des bougies et commandé un repas qui attendait dans la cuisine. Fébrile, elle se versa un demi-verre de champagne et jeta un coup d'œil à l'écran de son téléphone portable.

À l'instant prévu, la porte s'ouvrit et elle sourit pour elle-même : Cesare ne faisait pas défaut à sa ponctualité.

Elle se leva, tentant de maîtriser sa nervosité comme son métier le lui avait enseigné : rester calme, afficher un sourire lointain, détendu.

Les yeux de Cesare s'attardèrent sur son corps.

Elle avait choisi à dessein cette robe, celle qu'elle avait

portée le soir de leur rencontre au restaurant, celle qu'il lui avait enlevée la première fois qu'ils avaient fait l'amour. Elle était joyeuse de dîner avec lui plutôt que de simplement attraper quelque chose à la cuisine lorsque la faim les pousserait hors du lit.

Un vrai dîner l'un face à l'autre, avec une vraie conversation et…

Et quoi ?

Prudence. Elle devait se souvenir de toutes les fois où Cesare avait souligné l'aspect temporaire de leur situation et sa détermination à reprendre le cours normal de sa vie à la seconde où leur temps serait écoulé.

Pourtant, ils couchaient ensemble. Ça ne voulait peut être rien dire en terme de romance ou de futur possible, mais c'était étrange de connaître si intimement le corps d'un homme et d'être tenue à l'écart de ses secrets, de son passé, de sa vie…

— Qu'est-ce que c'est que tout ça ? demanda-t-il en dénouant sa cravate avant de la rejoindre sur le balcon.

Le soleil baissait à vue d'œil, enflammant d'or et d'orange le décor, la table et son beau visage.

Elle se mordit la lèvre.

— Une table, murmura-t-elle d'une voix nouée, se forçant à sourire. Là où l'on s'asseoit pour dîner, généralement…

— Tu n'aimes plus nos snacks entre les draps ? gronda-t-il en l'attirant à lui.

— J'aime énormément. Mais je me suis dit qu'on pourrait tenter autre chose ce soir.

Cesare ne répondit rien, mais elle sentit la méfiance dans son regard.

— Ne t'inquiète pas, ce n'est pas un piège. Je n'essaie pas de te forcer à faire quoi que ce soit qui sorte de notre accord. Dîner avec sa maîtresse, ça doit bien être possible, non ?

La mâchoire contractée, il mit quelques instants à répondre.

— Il y a une première fois à tout.

Il s'avança pour l'aider à s'asseoir. Alors qu'elle prenait place, les doigts de Cesare quittèrent la chaise pour lui frôler les épaules, et il se pencha pour murmurer :

— Voyons combien de temps l'on tient.

Il la mettait au défi.

Un frisson d'anticipation la saisit. Ses seins durcissaient déjà sous l'effet de sa voix chaude. Elle décida de relever le gant, de lui prouver qu'il avait tort, qu'ils pouvaient avoir une conversation normale sans être irrémédiablement attirés par le sexe.

Il prit place en face d'elle et lui adressa un regard indéchiffrable, jusqu'à ce qu'elle se sente obligée de parler.

— J'en conclus que tu ne dînes généralement pas avec les femmes que tu mets dans ton lit ?

— Tu portes un intérêt inhabituel à celles qui t'ont précédée…

Elle secoua frénétiquement la tête pour se dédouaner.

— Pas du tout. J'essaye juste de comprendre comment tout cela fonctionne d'habitude.

— Pourquoi ?

Elle lui adressa un sourire triste.

— Pour savoir à quoi m'attendre après toi.

C'était une bonne et une mauvaise chose à dire. L'expression habituellement retenue de Cesare se fissura, révélant le rejet intense, viscéral, qu'il avait à l'idée de ses futurs partenaires à elle. Il ne lui fallut qu'une seconde pour reprendre contenance, mais elle savait désormais toute l'amertume qu'il ressentait à l'idée qu'un autre homme s'immisce dans sa vie.

Voilà qui expliquait sa réaction curieuse à la mention de l'autre amant – un pur produit de l'imagination de Jemima.

Cesare tendit le bras pour la resservir en champagne, sans toucher à sa propre coupe.

— Je ne suis pas un bon baromètre sur le terrain des relations, Jemima.

— Pourquoi ?

— Parce que je n'en ai pas, répondit-il d'une voix bourrue, affirmant l'évidence.

— Pourquoi ? insista-t-elle.

— Parce que je n'ai pas le temps.

Elle fronça les sourcils.

— Tu as autant de temps que les autres.

— Je n'ai de temps que pour mon travail, éluda-t-il.

— Pourquoi ? le pressa-t-elle encore.

— J'emploie plus de huit cents personnes aux quatre coins de la planète. Tu ne penses pas que c'est assez pour occuper mes journées ?

Elle inclina la tête, soupesant son argument.

— Mais tu as des gens pour superviser tes employés, une chaîne de commandement…

— Absolument. Ce qui ne m'empêche pas de tout superviser moi-même.

La détermination dans la voix de Cesare semblait s'accompagner d'un avertissement à son égard.

— Tout ?

— Ça te surprend ?

Elle sourit instinctivement.

— Pas vraiment, je dois dire. Ton obsession du contrôle est même assez évidente. Il suffit de voir la manière dont tu as manœuvré pour me mettre dans ton lit…

Il répondit à sa plaisanterie avec un sérieux déstabilisant.

— Je pensais que tu faisais partie de l'accord, cette nuit-là. Honnêtement, je croyais que tu ne venais qu'avec l'intention de me séduire.

— Ça n'était pourtant pas le cas.

Il sourit.

— Vraiment ? susurra-t-il.

— Tu le sais, Cesare. Laurence voulait créer l'atmosphère la plus agréable et la plus détendue possible. À vrai dire, je pense qu'il était terrifié à l'idée de cette rencontre. Il pensait probablement que ma présence mettrait de l'huile dans les rouages. Ce n'est pas comme s'il comptait me jeter en pâture aux loups. Enfin, à un loup en particulier…

Une étincelle amusée passa dans le regard de son interlocuteur.

— Et pourtant te voilà dans la tanière du loup…

— Les loups ne vivent pas que dans des tanières.

— Si, lorsqu'ils élèvent leurs petits.

Elle haussa un sourcil.

— Comment est-ce que tu sais ça ?

— J'ai un endroit à moi en Alaska. J'y vais pour travailler sans être dérangé, quelques séjours tous les ans. Je me suis intéressé à ce qu'il y avait autour de moi, par nécessité comme par curiosité.

— C'est comment, de vivre, là bas ?

— L'Alaska ? C'est… Ça ne te plairait pas, admit-il avec un petit rire contrit.

— Pourquoi ?

— Parce que c'est à l'opposé exact de la vie que nous menons en ce moment.

De la main, il désigna le luxe de l'environnement, de la vue sur la baie, l'argent qui semblait irriguer les rues de Cannes.

— C'est un petit chalet des années soixante perdu au milieu des bois. Il faut douze heures de marche pour s'y rendre, ou un hydravion pour se poser sur le lac. La forêt est trop dense pour qu'on puisse y poser un hélicoptère. Lorsque je l'ai acheté, il n'y avait ni cuisine ni point d'eau. J'ai fait construire une petite pièce pour les commodités élémentaires, mais il n'y a toujours pas d'eau chaude. Il y a aussi des panneaux solaires qui peuvent faire tourner l'électricité pour la lumière et un petit frigo… Tu as du mal à m'imaginer là-bas, n'est-ce pas ? fit-il en la voyant songeuse.

— Je n'ai pas dit cela…

La première fois qu'elle l'avait rencontré, ne lui avait-il pas montré la part d'animal sauvage en lui, sous ses habits d'homme civilisé ?

— Qu'est-ce que tu fais lorsque tu es là-bas ? reprit-elle.

— Je travaille, *uccellina*. Et je pêche, aussi.

— Comment peux-tu travailler ? J'imagine qu'il n'y a pas de réseau sur place.

— Certaines de mes stratégies, les plus complexes, nécessitent un isolement total pour être échafaudées. C'est là-bas que je pense la direction globale de mes affaires.

— Pour distinguer l'arbre de la forêt, conclut-elle, le sourire aux lèvres.

— Parfaitement.

— Ça a l'air incroyable, ce lieu…

Cesare éclata d'un rire qui semblait dire le contraire.

— Je pense que tu haïrais cet endroit. Il y a des insectes, des ours, des sangsues, et le temps y passe lentement.

Offusquée par ce qu'il sous-entendait, elle se pencha en avant.

— Et donc, selon toi, parce que je suis top model, je n'aimerais pas les espaces sauvages ?

— Parce que tu es top model, ou à cause de ton éducation.

Le mépris évident de son ton appelait une réponse, ou une autre questions.

— Que sais-tu de mon éducation ?

— Je pense que je peux imaginer…

— Je n'en suis pas convaincue, figure-toi !

— Voyons voir. Tes parents étaient fiers de toi, mais peu présents au quotidien. Tu as grandi entourée de gouvernantes qui t'ont appris ce que ces géniteurs absents auraient dû t'apprendre : lire, parler, savoir se tenir correctement. Tes parents ont été particulièrement sourcilleux sur ce point. Le respect des usages est important pour ceux qui t'ont mise au monde sans pour autant se préoccuper de la suite. Tu as été envoyée en pension ensuite sans qu'on se soucie réellement de tes résultats, vu que ton futur était tout tracé avec ceux de ta caste. On t'a donné de l'argent de poche, mais le montant mensuel se rapprochait plus d'un salaire. Tu avais un compte en banque à ton nom, où dormait la somme qui te servirait à t'installer avec un futur mari. Tes amis les plus proches appartenaient à la même classe sociale que la tienne. Est-ce que j'ai tort ?

Il ne se trompait pas. La description était à ce point fidèle qu'elle la fit pâlir. La seule chose qu'il avait manquée, c'était le sentiment de solitude absolue qui s'était abattu sur elle lorsque Cameron était mort. Son grand frère, son seul compagnon, son ami. Sans oublier la solitude induite par le désintérêt de ses parents, qui semblaient avoir fait le deuil de leurs deux enfants alors qu'un seul les avait quittés. Seul Laurence, à l'époque, avait compris ce qu'elle traversait.

Sa voix tremblait un peu lorsqu'elle finit par répondre.

— Et cela te porte à croire que je n'aime pas les grands espaces ?

— À toi de me le dire.

Elle prit une grande inspiration, salée par la brise de mer, chassant les souvenirs douloureux.

— Je voyage beaucoup pour le travail, et les lieux sont finalement toujours les mêmes, finit-elle par dire.

Cesare esquissa un sourire triomphant, et elle se hâta de poursuivre avant qu'il ne puisse l'étale.

— Mais, dans chacune des villes que je traverse, j'essaie de détecter les jardins.

Il se pencha en avant, visiblement intrigué.

— Les jardins ?

Elle hocha la tête.

— Dès que je peux, je m'y perds. J'échappe au monde, protégée par les végétaux. Je marche parmi les plantes, les arbres, les fleurs, je respire.

Elle lui adressa un petit sourire malicieux et ajouta :

— Il m'arrive de cueillir un rameau pour le rapporter à l'hôtel et le mettre dans le verre à dents. C'est un peu comme si le jardin me protégeait toujours… Je le regarde tant que je suis en ville.

Cesare lui retourna un sourire désarmant de simplicité.

— Ça, je n'aurais pas pu le deviner.

— Je me sens toujours mieux dans les parcs et les jardins que dans le tumulte de la ville, conclut-elle en haussant les épaules. Ça a toujours été le cas.

— Et pourtant, tu vis à Londres.

Elle était un nœud de contradictions, elle le savait. Cesare prenait un malin plaisir à les mettre en lumière.

Elle leva les yeux vers lui.

— Pour quelqu'un qui voyage, c'est un bon camp de base.

Il hocha la tête silencieusement, et lorsque leurs yeux se rencontrèrent, elle sentit l'adrénaline troubler ses sens.

Elle se leva un peu abruptement de sa chaise.

— J'ai commandé à dîner, c'est dans la cuisine, si tu veux. Ça ne prendra pas longtemps, se justifia-t-elle.

Elle s'attendait presque à ce qu'il la suive en poursuivant leur conversation, mais il n'en fit rien.

Au moins aurait-elle un peu d'espace pour reprendre ses esprits.

Un plateau de fruits de mer attendait dans la cuisine, sous une cloche de métal qu'elle posa sur le bar. De retour sur le balcon, la vision de Cesare perdu dans la contemplation de la baie la troubla de nouveau.

Rappelé à l'ordre par sa présence, il se tourna immédiatement vers elle et lui saisit le poignet sitôt qu'elle eut posé le plateau sur la table.

Elle s'immobilisa sous l'intensité de son regard et retint son souffle.

Allait-il parler ?

Il n'en fit rien. Mais il ne la quittait pas des yeux, et elle eut le sentiment fugace que le monde autour d'eux s'était arrêté. Et puis, aussi vite qu'il lui avait saisi le poignet, il le libéra et retourna à la banalité de leur conversation.

— Quand est-ce, ton prochain défilé ?

Elle cilla, incapable un instant de se rappeler ses obligations.

— Samedi… Samedi après-midi.

— À Londres ?

— Oui.

Le silence tomba. Il attrapa une huître sur le plateau et demanda à brûle-pourpoint :

— Pourquoi es-tu venue avec Laurence, le premier soir ?

— Je te l'ai dit, il pensait…

Cesare hocha la tête et reprit :

— Ça, c'est la raison qu'il t'a donnée. Toi, pourquoi as-tu accepté ?

— Parce qu'il me le demandait, répondit-elle après une légère pause. Parce que c'est mon cousin.

Il fronça les sourcils.

— Il y a plus que cela. Tu étais anxieuse, pour l'argent.

Elle se mordit la lèvre.

Elle avait peur de trahir la confiance de Laurence, mais l'envie de se confier à Cesare la tenaillait.

— C'est vrai.

Elle n'en dévoila pas plus, se concentrant sur son verre de champagne, avant d'ajouter abruptement :

— Il a travaillé dur. Je ne voulais pas le voir tout perdre.

— Tu aurais pu racheter sa dette pour lui.

— Un demi-milliard ? fit-elle avec une grimace. Je ne pense pas.

— Tes parents, alors ? Ton oncle et ta tante ?

Elle ferma brièvement les yeux, revoyant ses parents tels qu'ils étaient aujourd'hui, faibles et malmenés comme peuvent l'être ceux qui ont perdu un enfant, alors qu'ils étaient auparavant pleins de vie, voguant de fête en fête, riant et dansant dans les couloirs d'Almer Hall.

— Non, répondit-elle. Personne ne pouvait l'aider.

Cela ne faisait qu'éveiller plus de questions, et Cesare allait sûrement les lui poser. Elle n'aurait pas dû organiser ce dîner. À quoi s'attendait-elle ? Ils vivaient une relation courte. Même pas. Il n'y avait pas de mot pour désigner leur accord. Ce n'était pas une relation, mais ses limites, elles, étaient bien réelles.

Le cœur lourd, impitoyablement désireuse de ses bras dans son malheur, elle se leva et fit le tour de la table.

— À la réflexion, je pense que nous devrions dîner plus tard.

8.

Cesare regardait Jemima arpenter le podium dressé pour le défilé.

Était-ce la même personne ?

Son corps flottait comme de la soie sous une brise légère, élégante sans effort aucun, pareille à ces danseuses de ballet qui font passer la douleur pour de la grâce. Ses cheveux avaient été tressés en couronne, les lignes de son visage mises en valeur par un maquillage léger. Elle était sublime.

L'envie le dévorait de la rejoindre et de dénouer cette tresse pour voir cascader sa chevelure, l'emmêler dans ses doigts, effacer son maquillage sous l'intensité fiévreuse de ses baisers pour faire venir à ses joues le rose de l'excitation.

Au bout du podium, elle fit demi-tour, tournoyant lentement, son sourire plus authentique que ceux des autres mannequins. Lumineuse, elle attirait l'attention de tous les hommes, comme un rapide regard à l'assistance le lui confirma. Elle était connue dans le monde entier, et parmi ces dévots de la mode, elle irradiait comme une déesse, transfigurée par la ferveur de ses fidèles.

L'air affable et le sourire distant mais intérieurement dévoré de passion, il ne la quittait pas des yeux. Son cœur cognait dans sa poitrine.

Elle était magnifique, tout le public s'en rendait compte. S'il n'était pas homme à faire preuve de jalousie, pourquoi ressentait-il ce besoin impérieux de l'enlever à ses admirateurs pour la ramener à Cannes ? C'était la vie de jemima, son métier, il n'avait pas à juger ni à se demander si, comme lui, tous ces hommes l'imaginaient nue.

Son humeur ne s'améliora pas durant la demi-heure qui suivit, et il accueillit avec soulagement l'interruption de l'homme qui venait lui glisser à l'oreille :

— Monsieur Durante ? Jemima vous demande.

Il se leva, fendant la foule, et passa la sécurité sans encombre.

Les coulisses bruissaient des conversations et des rires des mannequins, chacune à un stade différent de nudité. Mais ses yeux n'en cherchaient qu'une.

Jemima était déjà rhabillée, elle avait dénoué ses cheveux et arborait un pantalon en cuir et un chemisier de soie qui soulignait sa poitrine..

— Bonsoir, dit-elle, soudainement timide, alors qu'il la rejoignait.

Instinctivement, il faillit lui dire à quel point elle avait été belle, à quel point elle l'avait captivé, mais il se retint au dernier moment. Elle le savait déjà probablement, et prononcer ces mots le mettait étrangement mal à l'aise.

— Le défilé t'a plu ? demanda-t-elle en retirant ses boucles d'oreilles d'apparat.

Il n'eut pas le temps de répondre. Deux collègues de Jemima surgirent dans un nuage de parfum étouffant.

— Tu es prête, ma chérie ?

— Laissez-moi cinq minutes, répondit-elle avec un accent élégant et raffiné qu'il ne lui connaissait pas.

L'une des top model se tourna pour regarder Cesare, l'inspectant avec curiosité.

— Qui est-ce ?

— Juste un ami, balbutia Jemima, le rose aux joues.

Pourquoi ressentait-il le besoin de la contredire ? Ils n'étaient même pas amis.

— Il devrait venir avec nous, ronronna l'autre mannequin, visiblement intéressée.

— Peut-être. Dans cinq minutes, d'accord ? Dites à Larry que je vous rejoins.

— Dépêche-toi, j'ai envie de me noyer dans l'alcool !

Les deux mannequins disparurent dans un grand éclat de rire, avalées par la foule.

— C'est l'*after*, expliqua Jemima.

— Vous comptez… vous y noyer dans l'alcool, vous aussi ? demanda Cesare, cynique.

— Elles, probablement. Moi, un demi-verre me suffit pour avoir la tête qui tourne.

— Jem ? Tu as été solaire, ce soir, chérie !

Une voix d'homme.

Cesare se retourna vivement.

Ce n'était pas l'un des mannequins. Trop hirsute et large d'épaules pour correspondre aux canons de la mode.

L'autre homme ne sembla même pas l'apercevoir lorsqu'il prit Jemima dans ses bras pour déposer un baiser sonore sur ses lèvres. Ils semblaient habitués l'un à l'autre, le langage de leurs deux corps était accordé comme celui de potentiels amants.

Était-ce là l'autre homme dont elle avait parlé ?

Les yeux de Jemima cherchèrent instinctivement ceux de Cesare, ce qui lui donna la force de réprimer son instinct premier : rompre le cou de l'intrus, lui abîmer le visage à coups de poing.

— Tu viens, n'est-ce pas ? demanda celui-ci, et Jemima hocha la tête.

— Juste pour un verre.

Elle mima le nombre avec ses doigts, et l'homme lui attrapa la main, la portant à son torse.

— Un de ces jours, tu baisseras ta garde. J'espère que je serai là pour voir ça.

Avec un sourire qui criait le flirt, il l'embrassa à nouveau, rapidement, avant de s'éloigner sur un dernier « on se voit au bar ! ».

Embarrassée, Jemima se rapprocha de Cesare et lui posa une main sur le bras comme pour le calmer.

— Navrée pour tout ça. Il s'agit de Tim, un photographe…

Cesare restant muet, elle reprit :

— La fête est au coin de la rue. Tu veux venir ? On a une limousine.

— Non. J'ai du travail.

La réponse lui était venue sans y réfléchisse.

— Oh…

Jemima était visiblement déçue.

— Je dois y aller, ajouta-t-elle, c'est dans mon contrat. Mais je ne reste jamais que pour un seul verre. Tu es sûr que tu ne veux pas…

— Oui.

Elle détourna les yeux, avisant un homme qui leur faisait signe de les rejoindre de l'autre côté de la pièce.

— Eh bien, je peux peut-être venir chez toi après, murmura-t-elle. Dans une heure, une heure et demie maximum.

L'offre le tentait, ce qui l'inquiéta pour de bon.

Il n'avait rien voulu d'autre que le corps de Jemima Woodcroft pour une durée de temps limitée, et voilà qu'il était rongé par la jalousie ! Il lui fallait garder le contrôle ! Il ne s'agissait que de sexe. Ils ne faisaient pas partie du même monde.

— Inutile, conclut-il en levant la main, incapable de s'empêcher de frôler sa chevelure. C'était dans l'accord, souviens-toi. Vois ça comme une soirée libre.

Il aurait aimé se sentir mieux.

Jemima, confuse, leva un regard douloureux vers lui.

— Et si je ne voulais pas d'une soirée libre ?

Il porta sa main à son visage et retraça du pouce la courbe de sa joue, puis il recula d'un pas.

— Mon jet t'attendra demain.

Il fouilla dans sa poche et lui tendit une carte où étaient griffonnés les détails du trajet jusqu'à l'aéroport et le numéro de son assistant.

— Appelle quand tu seras prête. Une voiture viendra te chercher.

— C'est vraiment ce que tu veux ?

Ce qu'il voulait ? Il lui était de plus en plus difficile de répondre à cette question. Seules demeuraient les valeurs cardinales de son existence : son travail, sa détermination au succès.

Il se pencha pour déposer un baiser léger sur ses lèvres.

— Bonne nuit, *uccellina,* murmura-t-il. Rêve de moi…

L'expression de Jemima passa du regret à la consternation, et elle haussa les épaules. Se détournant pour rejoindre ceux qui l'attendaient, elle lâcha sans se retourner :

— Peut-être. Peut-être pas.

Jemima avait rêvé de Cesare, pourtant, avec une persistance hantée. L'image précise de ses mains sur son corps, de ses lèvres, de son sexe érigé pour elle la poursuivait encore au réveil. Il l'intoxiquait, pareil à une fièvre qu'on finit par attendre.

Elle s'étira, dénouant ses muscles avec un soupir.

La journée à Londres s'annonçait chaude, lui donnant l'envie de retourner à Almer Hall, où elle aurait pu se rafraîchir en nageant dans l'étang aux pierres moussues. Depuis la mort de Cameron, cet étang lui permettait d'échapper pour un instant au deuil et au silence de sa famille. Sous l'eau, seuls les battements de son cœur lui parvenaient aux oreilles…

Elle finit par repousser son drap et sortit du lit pour une douche rapide.

Elle était impatiente de retrouver Cesare, mais il ne servait à rien de se presser. Il travaillerait aujourd'hui, même si l'on était dimanche, et l'idée du nid vide qui l'attendait à Cannes n'était pas particulièrement excitante. Il valait mieux passer la journée avec des amies, avant de s'envoler en fin d'après-midi.

En fait, elle fit en sorte de retarder au maximum son départ. Elle rangea son appartement et déjeuna avec des amies proches, sans rien leur dévoiler de ce qu'elle vivait, bien entendu. Il lui fut facile de prétexter une séance photo à l'autre bout du monde pour justifier son départ : elle voyageait tant pour le travail que cela ne souleva pas la moindre question.

Mais alors que son taxi traversait Londres en fin d'après-midi – elle s'était refusée à appeler le chauffeur de Cesare —, elle dût se rendre à l'évidence : elle n'avait fait qu'attendre le moment des retrouvailles avec Cesare. Son univers semblait s'être réduit aux moments qu'ils partageaient ensemble. Les rêves qu'elle avait faits cette nuit-là l'avaient déstabilisée. Sans oublier son commentaire, le soir précédent : « vois ça comme une soirée libre ». Toute la journée elle s'était interdit d'y penser, mais à présent, seule dans le taxi à l'approche de l'aéroport, il lui était difficile de ne pas le ruminer.

Une soirée libre…

Elle savait ce qu'ils étaient l'un pour l'autre, ce pour quoi elle lui avait donné son accord, mais ce rappel froid des termes qui les liaient lui nouait la gorge. Comme si l'on pouvait réduire leur relation à un contrat prévoyant des jours de repos !

Bientôt, elle ne ferait plus partie de la vie de Cesare. Pour lui, ce ne serait que la fin d'un accord comme un autre. Elle serait stupide de croire qu'il pouvait en être autrement. Ça faisait mal, mais c'était ainsi. Sa souffrance la protégerait, elle lui rappellerait face à Cesare la froide réalité de ce qui les unissait : il ne voulait que son corps. Elle n'avait qu'à tirer le maximum de cet arrangement et à jouir du plaisir qu'il lui offrait sans laisser de sentiments se mettre en travers.

Les doigts de Cesare qui traçaient des lignes imaginaires sur son épaule dénudée sortirent doucement Jemima du sommeil. Elle cilla, désorientée.

Il faisait chaud, comme la journée précédente, et le souvenir de l'étang d'Almer Hall s'imposa à son esprit, avant qu'elle ne le chasse.

Elle était de retour à Cannes, le corps collé à celui de son amant provisoire. Il l'attendait lorsqu'elle était rentrée à l'hôtel. Elle n'avait pas fait quatre pas dans la pièce avant qu'il ne l'attire à lui, lui arrache ses vêtements et lui fasse passionnément l'amour, comme s'ils ne s'étaient pas vus depuis un an.

Non, rectifia-t-elle mentalement. Ils n'avaient pas fait l'amour. Ils avaient couché ensemble.

— Quelle heure est-il ? parvint-elle à articuler dans son demi-sommeil.

— Tôt. Je pars courir.

Curieux. Il courait chaque matin, mais il ne l'avait jamais réveillée auparavant.

Elle roula sur le côté pour qu'il ait un meilleur aperçu de son corps nu.

— C'est obligé ?

— Je cours chaque jour.

Le sourire joueur, elle se redressa et manœuvra pour le chevaucher, le torse de Cesare frôlant la point de ses seins.

— Et si tu n'allais pas courir ce matin ?

Le lent mouvement circulaire de ses hanches contre le sexe de Cesare annonçait un programme autrement plus agréable, et elle se sentit envahie par une étonnante sensation de pouvoir. Elle étendit la main et attrapa un préservatif sur la table de nuit, déchirant l'enveloppe plastique avec les dents, sans le quitter des yeux.

Il restait silencieux, attendant la suite.

Elle recula pour amener son sexe à portée de ses lèvres. Lorsqu'elle le prit dans sa bouche, elle sentit tout le corps de Cesare se tendre. Elle fit courir sa langue le long de la hampe, se délectant de la veine qui battait à la base et du plaisir évident qu'il ressentait. Elle prenait son temps, curieuse. C'était la première fois qu'elle faisait ça, et elle tenait à se faire plaisir. Bientôt, la main de Cesare se leva instinctivement pour entremêler ses doigts fébriles dans sa chevelure. Après quelques longs va-et-vient, elle sentit sa main venir lui prendre le préservatif, et il la poussa gentiment sur le côté pour enfiler la protection, avant de la ramener sur lui, la soulevant légèrement pour qu'elle vienne s'asseoir sur son sexe, et il prit le contrôle, la pénétrant profondément, les mains fermement ancrées sur ses hanches.

C'était à son tour de gémir, désormais. C'était au-delà du sublime, meilleur encore le matin. Elle se cambra en arrière, ramenant les mains de Cesare sur les pointes de ses seins qu'elle adorait le sentir torturer, laissant le plaisir monter en elle jusqu'à l'explosion.

— C'est…

Il n'y avait pas de mots, mais Cesare devait le sentir tout comme elle l'avait senti… Comme si le monde avait cessé de tourner !

— Du… très bon sexe, ahana-t-il, avant de se répandre d'un dernier coup de reins accompagné d'un rugissement.

Elle sentit son sang bouillir. Son cœur battait la chamade, son souffle était haché, inégal. Dix mille picotements lui parcouraient la peau.

« Du très bon sexe ». Il avait raison. Du bon sexe comme il en avait souvent connu avec d'autres. Tout comme il y goûterait encore lorsque leur temps serait écoulé.

Ramenée sur terre, elle se dégagea de lui et retomba sur le matelas avec un soupir, assaillie par cette triste réalité.

Elle s'attendait à voir Cesare quitter le lit et fut surprise lorsqu'il l'attira à lui.

— Tu ne vas pas courir ?

— J'ai eu assez d'exercice, répondit-il avant de l'embrasser, explorant lentement ses lèvres comme à la recherche d'un secret.

Bientôt, il descendit cajoler ses seins, et elle sentit son désir poindre de nouveau.

— Tu étais splendide, l'autre soir, murmura-t-il.

Elle n'arrivait pas à réfléchir. Cesare continuait de descendre, léchant à présent son nombril.

— Sur le podium du défilé. Fascinante, ajouta-t-il entre deux baisers… Mais tu sais déjà que tu es belle.

Il avait souri, mais il y avait dans sa voix comme un reproche. C'était difficilement compréhensible, d'autant que sa langue se perdait maintenant vers son sexe.

Elle se cabra, et les mains de Cesare vinrent saisir ses cuisses, lui ouvrant les jambes pour l'offrir à lui.

— C'était lui, le type avec qui tu as couché après moi ?

La question était sans aucun rapport avec ce à quoi il s'employait. Sa langue continuait son exploration têtue, l'amenant une fois de plus au bord de l'orgasme. Sans cesse ramenée au plaisir, elle était incapable d'une pensée cohérente.

— Quel… *Ah*… Quel type ?

Il délaissa un instant son sexe.

— Après le défilé, le type à la chemise grise.

Le photographe. C'était le genre d'hommes qui aimait flirter, mais ils n'étaient qu'amis.

— Tim ? Je n'ai pas couché avec lui, répondit-elle dans un grognement.

Cesare enfonçait maintenant un doigt en elle, accueilli par les hanches qu'elle poussait à sa rencontre. Il la rendait folle.

— Non ?

Sa main lui arracha un nouveau cri de plaisir.

— C'est… *Ah*… C'est juste un ami.

— Alors, qui était-ce ?

— Qui ?

— L'autre type, après moi.

Elle fit courir ses doigts dans ses cheveux, l'implorant pour qu'il cesse ses questions et se concentre sur leur plaisir.

Il s'exécuta, reprenant sa douce torture, mais la question en suspens dressait un rempart invisible entre eux.

Elle avait dit ça stupidement, par orgueil, pour le déstabiliser. Pour ne pas qu'il sache que sa seule expérience sexuelle, c'était lui.

— Il était bon, Jemima ?

La question n'avait pas de sens. La langue de Cesare avait remplacé son doigt et remontait le long de son sexe.

— Il t'a fait crier son nom ? demanda-t-il de nouveau.

Elle secoua la tête en se mordant la lèvre, les yeux révulsés.

— Non… Ce n'est pas… Il n'est pas…

Il ramena son visage à la hauteur du sien.

— Après tout, je crois que je préfère ne pas savoir.

Il ponctua sa phrase en entrant en elle d'un puissant coup de reins, et la pièce fut remplie de l'écho de son prénom, qu'il fit taire d'un baiser impétueux. Leurs corps reprirent leur ballet endiablé jusqu'à ce qu'ils viennent ensemble à la jouissance, ses ongles à elle enfoncés dans le dos de Cesare.

Le souffle court, il roula sur le côté, et elle rouvrit les yeux pour le contempler tout en reprenant sa respiration.

Il fallait qu'il sache. Elle n'aurait pu dire pourquoi c'était important, mais elle se devait à elle-même d'être honnête.

— En fait, je n'ai couché avec personne d'autre.

Cesare tourna vers elle un visage dénué de toute émotion, mais elle continua, sans le regarder pour ne pas flancher.

— Tu étais tellement sûr de toi, comme s'il n'y avait qu'à claquer des doigts pour que je revienne en courant, alors j'ai inventé ça. Je ne pensais pas que tu t'en soucierais. Je n'imaginais même pas que tu m'en reparlerais un jour.

Il passa deux doigts sous son menton pour la forcer à le regarder.

— Je suis le seul homme avec qui tu as jamais été ?

Elle leva les yeux au ciel à cette question purement masculine.

— Oui, Cesare.

Elle obtint son sourire en récompense. Un sourire arrogant, diabolique et incroyablement sexy.

— Tu m'appartiens, conclut-il simplement.

— Je n'appartiens à personne, rétorqua-t-elle, le rouge aux joues.

— Tu m'appartiens, répéta-t-il, comme une évidence. Pour le moment, tout au moins.

Cette fois, elle ne chercha pas à le contredire.

9.

Incapable de tenir en place, Cesare se leva de son bureau pour s'approcher de la fenêtre, encore plein de la confession de Jemima.

« Je n'ai couché avec personne d'autre. »

Il se sentait flotter. Elle lui appartenait ! Il était le seul homme avec qui elle ait jamais couché !

Ça n'aurait pas dû compter, et il haïssait que ce soit le cas. Il savait qu'il aurait dû ignorer la sensation de triomphe et de délectation qui l'avait saisi alors. Leurs deux semaines étaient presque écoulées, réduites à cinq jours dorénavant. Bientôt, il devrait la laisser partir et passer à la suite.

Il jeta un coup d'œil à son bureau, le regard sombre.

Il voyageait souvent, et Rome n'était pas son seul refuge, mais c'était son quartier général, et il y était attaché.

Prendre plus de congés pour se consacrer à Jemima était inenvisageable, mais son corps la réclamait. Elle lui manquait. Il avait envie d'elle, bien sûr, mais ce qui le taraudait était la volonté de la sortir de ses pensées par tous les moyens, quitte à lui faire l'amour jusqu'à ce qu'il s'en lasse. D'habitude, il ne fallait pas plus de deux ou trois nuits pour que l'ennui intervienne. La première curiosité était satisfaite et l'envie étanchée. C'était généralement à ce moment-là que son intérêt se dissipait.

Jusqu'à elle.

Il n'avait jamais été à ce point obnubilé par une femme. Il n'avait jamais dû se forcer à se concentrer lors d'une réunion. Il avait d'habitude un contrôle absolu sur ses pensées. Mais Jemima avait une manière bien à elle de le désarçonner.

Il fallait qu'il se reprenne. Il compartimentait tous les aspects de sa vie. Le chagrin qu'il avait éprouvé à la mort de sa mère cohabitait, séparé par une cloison étanche, avec ses souffrances d'enfant. Son désir pour Jemima nécessitait simplement une cloison de plus.

Cette résolution tint bon jusqu'à ce qu'il la retrouve au penthouse.

Jemima se tenait au milieu de la cuisine, qu'on aurait pu rebaptiser zone de guerre pour l'occasion. De la fumée s'accrochait au plafond, malgré les portes-fenêtres grandes ouvertes ; un paquet de farine semblait avoir provoqué l'apprentie cuisinière – et gagné la partie, contrairement au bol brisé à ses pieds. Jemima, surprise par son arrivée, rougit violemment.

— Ne te moque pas, lança-t-elle.

— Tu redécores ?

Elle lui tira la langue dans un geste enfantin, et il fut de nouveau tenaillé par l'envie impérieuse de la faire sienne.

— Pour ton information, j'essayais de te faire plaisir.

— En réduisant mon hôtel en cendres ?

Il pénétra dans la pièce, retroussant ses manches de chemise.

— Le bol a fini par parler ? plaisanta-t-il en contemplant les morceaux brisés.

Elle leva les yeux au ciel.

— Je faisais à dîner. Je ne sais pas quand est-ce que ça a mal tourné. Je suivais la recette, et puis il y a eu le problème du bol, et pendant que je nettoyais, je ne regardais plus le four, et… Arrête de rire, je ne suis pas mauvaise cuisinière quand je suis chez moi ! Je ne trouve rien, ici, et…

— Tu as jeté un paquet de farine au sol en pensant que ça t'aiderait.

Jemima laissa échapper un petit rire contrit.

— La farine n'en faisait qu'à sa tête, dit-elle, l'air malicieux

Il tâcha de graver ce moment dans son esprit. C'était tout le contraire de ce qu'il avait pu penser d'elle au début.

— À l'évidence, confirma-t-il, elle a son propre agenda dans cette affaire.

Il sourit et lui tendit une main qu'elle finit par accepter après une ou deux secondes d'hésitation.

La sienne était si petite, réfugiée dans sa paume large.

— Je voulais faire quelque chose de gentil, dit-elle avec une grimace.

Il sentit une alarme retentir dans un coin de sa tête.

Il ne voulait pas qu'on soit gentil avec lui. Il ne le méritait pas, et cela n'entrait pas dans les termes de leur contrat, surtout au vu du chantage qu'il avait exercé pour la mettre dans son lit. Pire encore, il avait dissimulé son intérêt pour le fonds de Laurence pour la pousser à croire qu'il n'avait cure de cette future mine d'or. Il ne méritait pas sa gentillesse.

— Gentil ? Pourquoi ? demanda-t-il.

— Je ne sais pas. Je voulais juste faire quelque chose de… différent, répliqua Jemima, déconcertée par la question.

Il jeta un coup d'œil à la pièce enfumée, repoussant les sentiments que sa réponse suscitait en lui.

Il ne pouvait se souvenir de la dernière fois où – à part un chef privé – on avait cuisiné pour lui. Ni fait preuve de gentillesse à son égard.

— On ne peut pas dîner ici, fit-il remarquer. Sortons.

— Je crois qu'il n'y a pas le choix… Laisse-moi juste une minute pour nettoyer.

— Les équipes de ménage s'en chargeront. Allons-y.

Il avait été froid, volontairement, pour combattre la sensation de chaleur qu'elle provoquait en lui.

Le restaurant sur l'eau était l'un des préférés de Jemima. Elle y était venue plusieurs fois lors d'événements mondains, mêlée à la foule de mannequins, d'actrices et de millionnaires qui venaient y afficher leur réussite. Tout ce que Cannes comptait de luxe s'y pressait, dédaignant les flashs des paparazzi agglutinés devant l'entrée dans l'attente du scoop du siècle.

Elle passa, habituée à être belle sur commande. L'industrie lui avait enseigné les angles à éviter, les positions à adopter pour paraître à son avantage. Derrière elle, Cesare ne semblait pas noter le crépitement des flashs.

Mais c'était faux. Assis à leur table un peu plus tard, il fit remarquer :

— C'est étonnant, tu n'aimes pas être prise en photo.

Ce n'était pas une question. Son sens de l'observation était sans faille. Elle tenta tout de même :

— Je suis mannequin, ça va avec le métier.

— Je parlais des paparazzi. Tu as tressailli, dehors.

— Je ne crois pas que…

— J'étais à côté de toi. Je l'ai vu. Tu n'aimes pas les photos.

— Je n'aime pas les paparazzi, rectifia-t-elle en sirotant une gorgée de vin rosé. Je n'aime pas être prise en photo pendant que je me balade, que je fais des courses ou que je sors dîner.

Elle haussa les épaules et ajouta :

— Je n'aime pas non plus être poursuivie dans la rue quand je sors faire un jogging ou découvrir en rentrant que ma boîte aux lettres a été forcée pour tenter d'y trouver de quoi alimenter la presse à scandale. Tu sais pourquoi ils m'ont inventé une grossesse ?

Cesare fit non de la tête.

— Je suis tombée et me suis foulée le poignet. Le docteur voulait s'assurer qu'il n'y avait pas de fêlure, et il m'a recommandé un scanner. La clinique faisait aussi des échographies. La facture a été envoyée à mon adresse, et un de ces rats a forcé ma boîte aux lettres et en a conclu que j'étais enceinte. Alors, oui, ça m'énerve. Mais c'est comme ça, ça fait partie de ma vie.

— Tu ne devrais pas avoir à le subir. Ces types sont une honte.

— Je suis d'accord. Avoir tes parents qui t'appellent parce qu'ils ont ouvert le journal, je déteste cela.

Cesare resta silencieux, et elle reporta son attention sur la carte, repensant avec un soupir au dîner brûlé.

— Tu n'as jamais pensé à changer de métier ?

— Non. Je ne suis pas sûre que je saurais faire autre chose.

— Tes parents ont dû s'inquiéter quand tu leur as annoncé ton choix de carrière.

— J'avais quinze ans, répondit-elle abruptement. Mes parents n'ont pas eu d'autre choix que de l'accepter.

Elle mentait. Cesare n'avait pas à connaître les détails de son passé. Ce n'était pas la vérité qu'elle masquait, mais la tristesse de l'histoire.

— J'ai de la chance, reprit-elle. C'est un métier difficile, et rares sont celles qui gagnent assez pour en vivre.

— Non pas que tu en aies besoin, fit-il remarquer avec un petit sourire.

Elle resta muette.

Cesare était convaincu qu'elle était l'héritière d'une fortune colossale. Comment lui en vouloir ? Sa famille était ce qu'elle était, et la propriété d'Almer Hall supposait l'argent nécessaire à son entretien. Comment aurait-il pu savoir que les droits de succession avaient attaqué le capital de ses parents, que la mort de Cameron avait mis un point final à la carrière de son père et que les factures s'étaient accumulées longtemps sans aucune rentrée d'argent ? Comment aurait-il pu se douter qu'elle n'avait choisi la carrière de mannequin que pour aider à la survie financière de sa famille ? Aucun fonds fiduciaire ne l'attendait le jour de ses vingt-cinq ans, et malgré ses cachets, elle n'avait jamais réussi à mettre de côté une somme assez importante pour la protéger en cas de problème. Son seul espoir résidait dans la réussite de Laurence.

— Et toi, Cesare ? s'enquit-elle pour l'empêcher de fouiner plus avant. Tu pourrais prendre ta retraite aujourd'hui, non ?

Il éclata de rire.

— Pourquoi partirais-je ? J'en ai les moyens, bien sûr. Mais je m'ennuierais.

— Tu te trouverais une occupation, une passion.

— Et qu'est-ce que je pourrais bien faire ? Jardiner, jouer au golf, alors que j'ai la chance de faire ce que je fais ?

— La vie, ce n'est pas que le travail, répondit-elle après un moment de réflexion. Tu ne penses pas ?

— Ça doit dépendre du caractère de chacun.

— Et tu n'attends pas plus de la vie ?

— Plus que quoi ?

— Qu'être accro au travail.

— C'est ce que je suis ?

Elle haussa un sourcil.

— Tu travailles sept jours sur sept, à moins que tu n'aies adapté ton emploi du temps pour m'éviter…

— Non. Je n'ai rien changé pour toi. J'ai toujours travaillé sept jours par semaine, du plus loin que je me souvienne. Je ne vois pas où est le problème.

Il ne voulait probablement pas la blesser, mais le résultat était le même. Ce n'était qu'une preuve supplémentaire du peu d'importance qu'elle avait à ses yeux.

— Vraiment ?

— Tu n'es pas d'accord avec moi ?

— Eh bien… Je ne pense pas que ce soit très équilibré.

— L'équilibre, c'est un mot à la mode pour justifier la paresse des gens. Bientôt, tu me diras de me mettre au yoga, appuya-t-il avec un rire moqueur.

Elle hocha la tête.

— À vrai dire, ça pourrait te faire du bien.

— Il faudra que tu me montres, fit-il en se penchant vers elle, le regard suggestif.

L'image du corps nu de Cesare usant de sa souplesse s'offrit à son esprit.

Il ne l'avait toujours pas quittée des yeux, et le rouge lui monta aux joues.

— Tu ne te sens jamais seul, dans un univers réduit au seul labeur ? fit-elle, recentrant ses pensées sur la discussion.

— Non.
— Je me sentirais seule, à ta place.
— J'aime la solitude. Et quand j'ai besoin de compagnie, j'en trouve.
— Bien sûr, murmura Jemima en baissant les yeux pour dissimuler la jalousie qu'elle ressentait à cette affirmation.
— Mais toi, comment as-tu pu échapper à la vie de couple ?
L'arrivée d'un serveur lui permit de réserver sa réponse. Le temps qu'ils passent commande, elle avait trouvé un sujet de conversation moins personnel.
Elle aimait converser avec Cesare, et tant qu'ils évitèrent le sujet des amours passées ou de la vie privée, elle passa une soirée agréable. Mais alors qu'ils terminaient leur dessert, Cesare attaqua à nouveau.
— Ça m'intéresse, *uccellina*, murmura-t-il en posant une main sur son genou par-dessous la table. Je suis sérieux,
Elle avait un peu bu et débordait de désir. Ça n'aidait pas.
— À quel propos ?
Sa voix rauque, voilée par l'envie, plaisait manifestement à Cesare. Elle se pencha un peu plus en avant, consciente de dévoiler son décolleté.
— Je ne suis pas joueur, mais j'aurais pu parier ma fortune que tu avais la même expérience sexuelle que moi, dit-il.
— Tu aurais perdu.
— C'est ce que je vois, admit-il avec un air amusé. Pourquoi n'as-tu jamais connu qui que ce soit ?
Il n'y avait plus de moyen de reculer.
— Il n'y a pas de raison particulière.
— Je n'y crois pas, rétorqua-t-il, visiblement décidé cette fois à ne pas lui laisser d'échappatoire. Tu aimes garder les gens à distance. Dès que je demande des détails sur ton enfance, ton travail, ta vie, tu fermes la porte. Pourquoi ?
Elle aurait pu nier, mais à quoi bon ? Il avait raison.
— Ça n'a pas d'importance.

— Probablement pas, mais je suis curieux.

— Je ne ferme pas la porte à chaque fois, Cesare.

— Je crains que si. Comme tu essaies de le faire à présent.

Elle se mordit la lèvre.

— Notre accord est clair : du sexe contre un investissement. Tu n'as pas acheté mes secrets avec ma présence.

— Un demi-milliard, ce n'est pas assez pour un ou deux secrets ?

Elle posa sa serviette sur la table avec détermination.

— Non. Certaines choses ne sont pas à vendre, Cesare.

Le bruit de sa course, son pouls, les battements de son cœur… Cesare courait, confiant ses regrets à l'adrénaline.

Lorsqu'ils étaient rentrés, la nuit précédente, le ménage avait été fait, et la cuisine avait retrouvé sa propreté immaculée. Il avait emmené Jemima au lit. Ils avaient fait l'amour jusqu'à l'aube malgré ce qui lui trottait dans la tête.

Un mauvais pressentiment, comme une atmosphère chargée un soir d'orage. Il supportait mal qu'elle ait refusé de se confier à lui. « Non », c'était un mot qu'il n'avait pas l'habitude d'entendre.

Sans s'en rendre compte, il fit demi-tour et reprit sa course vers l'hôtel.

Bien sûr, tout ceci avait commencé par le sexe. Il la désirait et ne se souciait pas alors de grand-chose d'autre. Mais avec le temps, les mystères qui nimbaient la vie privée de Jemima avaient pris de l'importance. Il en était désormais convaincu, la seule manière de l'oublier serait de la percer totalement à jour. Il fallait qu'il démonte ses pensées comme un mécanisme récalcitrant, qu'il en examine toutes les pièces pour la cerner parfaitement. Seulement alors il pourrait tourner la page. Il fallait qu'elle lui appartienne totalement, pas seulement la nuit. Ils n'avaient plus que quatre jours à passer ensemble, et il rechignait de plus en plus à les passer au bureau. Il avait toujours été un homme organisé, calculateur. Il comprenait désormais qu'il ne pourrait pas oublier Jemima par la seule satiété sexuelle. Ses secrets la rendaient plus attirante encore, et il était en quête de réponses.

Alors qu'il courait, un plan pour atteindre ses objectifs et se débarrasser de cette obsession mal placée se forma dans son esprit. Soulagé, il accéléra le pas.

Il avait pris la bonne décision, la seule qui lui permettrait d'évincer pour toujours la magie de Jemima Woodcroft.

10.

L'île de Giada émergeait de la mer comme un monstre de légende. Verdoyante à l'exception de la fine bande de sable blanc qui courait sur son pourtour, elle était entourée à perte de vue par les flots turquoise. L'endroit était d'une beauté à couper le souffle.

— La compagnie aérienne, l'hôtel, le chalet en Alaska et le fonds d'investissement ne suffisaient pas, plaisanta Jemima en descendant du hors-bord qui les avait menés à bon port depuis la côte italienne.

— Une telle liste ne devrait pas impressionner une fille de ton rang.

— Elle impressionnerait n'importe qui, corrigea-t-elle, irritée de l'idée qu'il se faisait de sa fortune et de sa situation.

Après un long regard au paysage, elle ajouta :

— Toute l'île t'appartient ?

— Mais oui.

— Qu'y a-t-il d'autre, à part ça ?

Elle montrait du doigt le bâtiment de style colonial qui semblait sortir du sable devant eux, un peu plus haut sur la plage.

— Il y a quelques autres maisons sur l'île pour les domestiques lorsque j'en amène avec moi. Je viens parfois pour plusieurs semaines.

— Bien sûr, murmura-t-elle.

Elle savait qu'il avait bâti sa fortune seul, mais elle n'avait aucune idée de comment l'on pouvait amasser autant d'argent sans un investissement massif de départ.

— Cela fait longtemps que tu l'as ? demanda-t-elle à nouveau.

Un nuage passa dans le regard de Cesare.

— Onze ans.

Curieuse, elle poursuivit.

— Tu as fait construire la maison ?

— Non.

— Pourquoi est-ce que j'ai l'impression qu'il y a là une partie de ton passé que tu ne veux pas dévoiler ?

Cesare l'étudia un instant, les mèches de ses cheveux balayées par la brise marine.

— Parce que c'est le cas.

— Et tu ne vas rien me dire ?

Il prit sa main dans la sienne.

— Cela dépend.

Il embrassa ses doigts et l'intérieur de son poignet.

— De quoi ?

— De ce que tu es prête à m'offrir en échange.

Elle sentit son cœur manquer un battement.

— Je ne comprends pas.

— Tout se paye, *uccellina.*

Cesare utilisait souvent ce surnom – petit oiseau —, mais l'entendre dans ce cadre, sur le sable blanc de l'île inondée de soleil, apportait au sobriquet une légitimité tout autre qu'elle accueillit avec un large sourire. Elle était son petit oiseau ici plus qu'ailleurs.

Proche de ses lèvres, il ajouta :

— Je répondrai à toutes les questions que tu te poses, seulement si tu réponds aux miennes.

Son regard en débordait déjà, et elle se sentit mise à nue. Mais malgré l'anxiété qu'éveillait en elle la curiosité de Cesare, elle ressentait paradoxalement une profonde impression de calme. Il était bon, parfois, de déposer les armes. L'exception du lieu, ce moment qui leur appartenait, appelait aux confidences.

— D'accord.

Le sourire de Cesare était étincelant. Ils reprirent leur marche vers la maison.

— Tu viens souvent ?

— Assez.

— Je pensais que tu allais répondre à mes questions ?

Il s'immobilisa, tournant vers elle un regard moqueur.

— Si l'on tient les comptes, tu me dois déjà beaucoup de réponses.

Avec un sourire, elle se dressa sur la pointe des pieds pour déposer un baiser sur ses lèvres.

— Très bien. Que veux-tu savoir ?

— À ton avis ?

La question qu'il lui avait souvent posée lui revint en mémoire : Cesare s'étonnait qu'elle ait été vierge le soir de leur rencontre.

Il la tenait serrée contre lui, et elle ressentit une sensation étrange, comme si les défenses érigées autour de son cœur étaient en train de s'effriter.

— Être mannequin, ce n'est pas ce qu'on pourrait penser, finit-elle par répondre. C'est un métier vraiment épuisant. Très compétitif, exigeant… Lorsque je finis un contrat, la dernière chose dont j'aie envie est de sortir m'amuser. De toute façon, les soirées officielles sont incluses dans le contrat. Ça aide à promouvoir l'image de la marque – et la mienne, à ce qu'on m'a dit, ajouta-t-elle avec un cynisme non dissimulé. J'étais jeune, quand j'ai débuté. Loin de chez moi. Tout était trop fort, trop rapide. Les gens s'adressaient tous à moi comme si j'étais leur meilleure amie depuis dix ans. Cette fausse intimité, c'était terrifiant. Mais plus il y avait de bruit, plus ma carrière avançait. J'étais en permanence entourée de managers, de photographes, et au milieu, je me sentais terriblement seule.

— Tes parents ne voyageaient pas avec toi ?

Elle se pinça les lèvres en faisant signe que non.

Cesare n'en demanda pas plus, ce dont elle le remercia silencieusement. Sa réponse en disait bien assez.

— Alors, tu as décidé de rejeter ce style de vie et d'adopter celui d'une nonne ?

Elle rit, détournant le regard vers le paysage.

— Garder mes distances est devenu un instinct de survie.

— Pourtant, ton image publique… Si je n'étais pas certain de ton innocence, j'aurais du mal à croire que les médias aient pu mentir à ce point sur ta vie.

Elle retint une grimace.

— J'avais seize ans lorsqu'ils ont commencé à sortir ces histoires sur moi.

— On a dit que tu avais eu une longue relation avec ce type, Clive Angmore.

Elle hocha la tête, le cœur lourd.

— Il était marié.

— Mais infidèle.

Elle avala difficilement sa salive.

— Pas vraiment, nous avons souffert de nos réputations, lui et moi. J'avais seize ans, alors. J'étais dans le monde du mannequinat depuis moins d'un an, encore très protégée. Je ne comprenais pas ce que ça voulait dire qu'il vienne à chacun de mes défilés, aux soirées… Lorsqu'il m'a embrassée pour la première fois, j'ai été prise au dépourvu. Je n'avais jamais rien fait avec quiconque, et voilà qu'il…

Elle passa les doigts sur ses lèvres, comme pour tenter de chasser le souvenir douloureux. C'était impossible, naturellement. Cette mauvaise expérience n'avait fait qu'ajouter un rempart de plus à ses défenses.

— « Voilà qu'il… » ? répéta Cesare.

— Il s'est jeté sur moi.

Sa gorge était sèche.

— Il était lourd, poursuivit-elle. Plus fort que moi. J'ai fini par le repousser, mais il était furieux. Il pensait que j'étais d'accord parce qu'on avait déjà dîné plusieurs fois ensemble et que la suite naturelle était…

Elle détourna les yeux.

— Je pensais simplement qu'il s'intéressait à ma carrière, à l'époque. Je me sentais très seule, il était gentil avec moi…

Le regard toujours tourné vers la mer, elle entendit Cesare pousser un soupir frustré.

— J'ai retenu la leçon : les gens autour de moi n'étaient pas « gentils », ils s'attendaient juste à des renvois d'ascenseur que je n'étais pas en mesure de leur accorder.

Le silence accueillit la fin de sa phrase, et lorsqu'elle regarda de nouveau Cesare, il avait les sourcils froncés, la mâchoire contractée. Il serrait les poings, les phalanges blanches.

— À ce moment-là, conclut-elle, la machine à ragots tournait déjà à plein régime. Personne n'était intéressé par la vérité.

— Donc, de cet instant, tu t'es méfiée de ce monde.

Elle hocha la tête.

— Ça n'est pas mon monde. Le luxe, les faux-semblants… Ce n'est que le travail. Rien d'autre.

— Mais tu devais être curieuse, tout de même.

— Du sexe ?

— *Sì.*

— Non. Jusqu'à notre rencontre, je n'avais jamais rencontré quelqu'un qui puisse à ce point chambouler ma vie.

Elle détourna de nouveau les yeux, vulnérable.

Comme Cesare restait silencieux, elle finit par se secouer.

— C'est ton tour.

— Comment ?

— De répondre à une question.

— Pose-la.

Les possibilités étaient nombreuses. Il y avait tant à apprendre sur lui, tant d'inconnues, et même si elle savait que c'était probablement mieux d'en connaître le moins possible, elle souffrait de ne pas le comprendre.

— Je ne sais pas par où commencer, admit-elle.

Il attendit un instant puis changea de sujet.

— Viens. Nous sommes arrivés, laisse-moi te montrer la maison.

Il sourit devant son air offusqué.

— Je répondrai à tes questions, ne t'inquiète pas. Nous avons quatre jours, tout le temps nécessaire.

Ils risquaient d'en manquer, pourtant, se dit Jemima le troisième soir.

L'isolement que procurait l'île donnait au temps une consistance étrange. Parfois, il semblait filer entre les doigts tel du sable, et à d'autres moments il se figeait, comme immobile. Les deux premières journées avaient passé en un clin d'œil, chaque moment sublime, des longues baignades au repos pris sur la terrasse, sans compter les quinze heures passé au lit, à explorer le corps de l'autre, passant successivement du tourment au calme dans un maelström d'émotions.

Ce troisième soir, ils faisaient une longue marche sur la plage.

La journée avait été parfaite, une fois de plus. Ils avaient exploré l'île, marchant plusieurs kilomètres avant d'atteindre une crique sauvage où se déversait une cascade. Après le chemin rocailleux, ils avaient plongé dans l'eau transparente, et ça avait été à nouveau comme s'ils étaient seuls au monde. Elle ne savait pas encore tous les secrets de Cesare, mais elle le connaissait de mieux en mieux. Son corps, ses passions, sa détermination. Elle le comprenait.

— C'est vraiment splendide, ici. Tu n'as pas envie de t'y installer définitivement ?

— Pour quoi faire ?

— Il n'y a aucun lieu que tu puisses appeler chez toi ?

— Je suis un citoyen du monde ! se contenta de répondre Cesare, le sourire aux lèvres.

— Ça ne veut rien dire du tout…

— Si, que je suis un voyageur, c'est tout.

— Il y a bien un endroit que tu vois comme ton foyer ?

— J'en ai plusieurs.

— Ça ne fonctionne pas comme ça.

Il stoppa sa marche avec un rire rugueux et l'embrassa.

— Et pourquoi pas ?

— Un foyer, c'est un foyer. On n'en a pas plusieurs… C'est là où tu te sens le plus à l'aise.

Une lueur indéfinissable passa dans son regard, avant qu'il saisisse sa main, reprenant leur marche.

— Et toi, où est ton foyer ?

— Almer Hall, répondit-elle sans l'ombre d'une hésitation.

Elle le sentit se raidir.

— Tu passes beaucoup de temps là-bas ?

— Non. Je dois vivre à Londres. J'y retourne dès que je peux, mais…

Elle se mordit la lèvre, consciente d'en avoir trop dit.

— Mais ? répéta Cesare, la voix grave.

Elle sentit son cœur se serrer. Le soleil touchait presque l'océan, colorant le ciel de son rose crépusculaire, mais rien n'était aussi beau que les reflets du soir sur le visage de Cesare penché vers elle.

— Ça me rend triste.

— Pourquoi ? insista-t-il.

— C'est une longue histoire.

— Et tu ne veux pas me la raconter ?

Elle ne parlait jamais de Cameron, sauf à Laurence. La simple évocation de son nom était douloureuse. Penser à ce qu'ils avaient perdu, à la vie qu'il aurait pu mener ensemble… Pourtant, quelque chose dans l'atmosphère la poussait à la confidence. C'était peut-être le bon moment pour embrasser le deuil qu'elle se refusait toujours à faire.

— J'avais un frère, articula-t-elle péniblement.

Cesare resta muet.

Il fallut un moment à Jemima pour rassembler ses esprits. Elle finit par reprendre.

— Cameron. Il avait sept ans de plus que moi, j'ai grandi en l'adulant. Il me voyait comme un petit chiot, à l'époque…

Son sourire affleura au souvenir des moments heureux.

— Il était très gentil avec moi, poursuivit-elle. Il aimait me faire rire. Je l'adorais. Pour mes parents, sa disparition a été pire encore. C'était l'héritier du titre, d'Almer Hall, le premier-né d'un premier-né… Tu vois de quoi je parle ?

— Oui.

Cesare avait répondu entre ses dents serrées.

Elle sentit ses yeux s'emplir de larmes.

— Il est mort. J'avais huit ans, je n'ai pas compris. Un jour il était là, et le lendemain, plus rien. Personne n'en a parlé. Mes parents ne savaient pas quoi me dire, alors ils se sont tus. Ils l'ont enterré sans cérémonie, juste un prêtre dans la crypte familiale. C'était comme s'il n'avait jamais existé. Je n'arrivais pas à comprendre. J'ai mis longtemps à saisir ce qu'il s'était passé… Il s'était suicidé. À quinze ans, il avait décidé de mourir.

Sa voix était étranglée par la douleur lorsqu'elle ajouta :

— Il n'a rien laissé, pas une note, mais j'ai fini par comprendre en interrogeant ses amis, des années plus tard. Il était gay. Il n'avait aucune idée de la manière dont réagiraient mes parents. Il souffrait depuis longtemps.

Elle ferma les yeux, l'esprit envahi par le visage souriant de son grand frère.

— Ce n'était qu'un gamin, reprit-elle à mi-voix. On lui avait répété durant toute son enfance son importance, sa lignée, ses responsabilités, le futur de la famille, l'héritier qu'il devrait engendrer un jour… Des notions stupides, criminelles. J'aurais aimé être assez âgée pour le forcer à me parler, à se confier à moi. J'aurais aimé qu'il sache à quel point j'avais besoin de lui, à quel point mes parents l'aimaient.

— Je suis navré, murmura Cesare en la serrant fort contre lui comme pour expulser la douleur.

Enfouie dans sa chaleur, elle resta immobile, respirant à pleins poumons son parfum musqué, rassurant. Quinze années de chagrin semblaient trouver leur issue à l'abri de ses bras.

— Je pense que c'est pour cela que je suis aussi proche de Laurence, murmura-t-elle. Après la mort de Cam, j'étais tellement seule. Papa et maman étaient brisés, ils m'ont oubliée dans leur chagrin. Ils se pensaient responsables, je suppose. Ils étaient détruits… Ils m'ont repoussée. J'ai passé de plus en plus de temps chez ma tante, avec Laurence. Il a été là pour moi lorsqu'il n'y avait personne. C'est pour ça que je suis venue à ce dîner. Je ferais tout pour lui.

Elle vit Cesare froncer les sourcils et posa un doigt sur ses lèvres pour l'empêcher de parler, répondant elle-même à la question qui s'était formulée dans son esprit.

— Il ne m'a jamais demandé de te suivre chez toi. Ça, c'était de mon propre chef…

— Je suis vraiment navré de tout ce que tu as enduré. Je suis surpris que tes parents se soient montrés aussi libéraux avec toi, après avoir perdu en premier enfant, murmura-t-il, alors qu'ils reprenaient le chemin de la maison. Te laisser entreprendre une carrière de mannequinat sans personne pour te chaperonner…

— Ils prenaient des nouvelles, répondit-elle simplement.

L'envie de tout lui dire l'emporta subitement. Elle n'avait jamais parlé de ça à quiconque, Laurence excepté.

— Et puis, ils avaient besoin de l'argent, ajouta-t-elle.

Cesare fronça les sourcils, interloqué.

— Après la mort de Cam, poursuivit-elle, papa ne… Il n'a plus fonctionné normalement. Il a arrêté de travailler, et les dettes se sont accumulées. Almer Hall coûte cher. On a failli perdre la maison. Mes parents ont vendu des morceaux de la propriété, mais ça ne suffisait pas.

Cesare regardait droit devant lui.

— Et tu les maintiens à flot avec tes cachets ?

— J'essaye, confirma-t-elle. Mais les sommes dues sont exorbitantes. Il y a des millions de livres d'intérêt, désormais. Parfois, je me demande s'il ne vaudrait pas mieux vendre, mais ça ne rembourserait même pas tout ce qu'ils doivent.

Cesare lui jeta un long regard avant de murmurer :

— Ton foyer.

— Mon foyer, répéta-t-elle, la gorge nouée.

11.

Après leur balade, ils étaient allés se baigner, mêlant leurs corps dans l'eau salée à la lueur de la lune. De retour dans la belle demeure, ils n'avaient pas réussi à atteindre la chambre. Ils s'embrassaient déjà à la porte, leurs mains fébriles arrachant les vêtements trempés.

Jemima, allongée sur le tapis du salon, luttait contre la fatigue. Elle ne voulait pas s'endormir. Ils n'en avaient pas parlé, mais chacun savait ce que l'aube signifierait : le début de leur dernière journée ensemble.

— Tu as grandi en Angleterre, n'est-ce pas ?

Nu à ses côtés, Cesare lui jeta un regard brûlant.

— Depuis mes cinq ans, répondit-il en traçant des lignes imaginaires sur ses tétons dressés.

Il l'excitait à nouveau, et lorsque sa bouche vint remplacer ses doigts, elle se cabra et lui jeta un regard censé être un avertissement mais qui trahissait l'avidité de son désir.

— Mais tu te considères comme un Anglais ?

— Certainement pas.

— Tu as grandi là-bas, pourtant. Tu y as été scolarisé.

— Et j'en suis parti dès que je l'ai pu.

— Pourquoi ?

Elle se pressait contre lui à présent, cherchant ses caresses, et le sourire diabolique de Cesare lui montra qu'il se délectait de son impatience.

— J'ai passionnément haï l'Angleterre.

— Je te remercie…

Une étincelle amusée passa dans le regard de Cesare.

— Il est possible que j'aie détesté devoir déménager là-bas et que ma colère ait teinté ma vision des choses…

— Pourquoi avez-vous déménagé ?

— Ma mère a trouvé un travail sur place.

Ce n'était qu'une simple information, mais elle eut l'impression que cela cachait quelque chose.

— Qu'est-ce qu'elle fait ?

— Faisait, corrigea-t-il. Elle est morte il y a longtemps. Elle était nourrice.

Elle saisit la main de Cesare et la porta à ses lèvres.

— Et elle a trouvé du travail chez des Anglais, l'encouragea-t-elle à poursuivre.

Il acquiesça, le regard soudain meurtrier.

— Chez Gerald Montgomery White.

Elle attendit quelques instants avant de demander :

— Et ça ne te plaisait pas ?

Après un long moment de silence, il soupira.

— Non. Elle était employée comme nourrice, mais ils la traitaient en esclave. Elle passait tout son temps avec les enfants, des gamins gâtés croulant sous leurs privilèges… Je les haïssais.

Elle grimaça.

— J'ai connu pas mal de gens qui leur ressemblaient…

— Ça ne me surprend pas, commenta-t-il, acerbe.

— Tu pensais que j'étais comme ça ! s'exclama-t-elle, comprenant enfin son attitude. Le soir où tu cherchais à en apprendre plus sur ma famille, tu m'as crue comme eux !

Il hocha la tête, et elle lui décocha un petit coup de poing.

— Eh bien, je ne te remercie pas !

— Tu n'as pas eu une nourrice, en grandissant ?

— Si…

Elle sourit au souvenir de Cara.

— C'était comme une seconde mère pour Cameron et pour moi. Elle a été virée, après Cam. Comme si elle y pouvait quelque chose… Ta mère, quand est-elle… ?

— Il y a presque vingt ans, répondit Cesare avant qu'elle ne finisse sa phrase. Elle avait un cancer. Ils ne sont pas venus à son enterrement. Ils avaient la date, le lieu. Pourtant, ils ne sont pas venus. Ils n'y ont pas emmené les enfants qu'elle avait élevés pendant qu'on m'envoyait en pension.

La mâchoire contractée, il ajouta :

— C'était comme si elle n'avait aucune importance à leurs yeux. Comme si sa vie ne comptait pas.

— Je comprends pourquoi tu as gardé de la colère.

— Elle méritait mieux.

— Tu as dû souffrir énormément.

— J'étais furieux. J'avais seize ans, et j'avais passé les six mois précédents à me faire à l'idée de perdre ma mère. Mais rien ne vous prépare à la solitude. Ce fut le jour le plus difficile de ma vie. Le cimetière, le cercueil qui descend… vers quoi ? C'est ce jour-là que j'ai juré de les battre à leur propre jeu. Au jeu de l'argent. J'ai acheté cette île à un homme nommé Ranulph Montgomery White, poursuivit-il, les traits durcis, l'un des premiers enfants dont elle s'était occupée lorsque nous étions arrivés en Angleterre. C'était un gosse affreux, qui prenait du plaisir à faire de ma vie un enfer. Nous nous haïssions. Quand l'occasion d'acheter l'île s'est présentée…

Il eut un sourire de prédateur avant d'ajouter :

— Il avait un problème d'addiction au jeu et avait désespérément besoin d'argent. J'ai fait descendre le prix jusqu'à ce que l'île coûte à peine plus qu'une bouchée de pain. Il aurait tout fait pour vendre, même à un prix dérisoire. C'est une des choses les plus satisfaisantes que j'aie accomplies : m'asseoir face à l'un de ceux qui avaient pourri mon enfance, pour qui ma mère n'existait pas – une domestique n'est pas une personne pour eux —, et l'entendre me supplier.

Malgré le frisson qui la traversa, Jemima sentit un élan de tendresse envers l'enfant qui avait tant souffert. Mais celui-ci n'existait plus, il était remplacé par un homme qui n'avait pas besoin de réconfort et qui avait obtenu vengeance lui-même.

— Quand j'ai perdu ma mère, je me suis juré que les

sacrifices auxquels elle avait consenti pour moi ne seraient pas vains.

— Elle aurait été fière de toi, intervint Jemima.

Avec un sourire, elle ajouta, le regardant droit dans les yeux :

— Enfin, pas nécessairement, de la manière dont tu as acquis l'île, mais de tout ce que tu as bâti. Il y a de quoi être impressionnée.

Il soutint son regard, et pour un instant, ce fut comme s'ils ne pouvaient détacher leurs yeux l'un de l'autre.

— Je n'ai jamais rencontré quelqu'un comme toi, murmura-t-elle, effrayée par son propre aveu.

— Vraiment ?

— Ta détermination est remarquable. Je n'arrive pas à imaginer comment tu as pu faire pour créer cet empire.

— J'ai travaillé dur.

— Bien sûr, mais de cette manière, à partir de rien…

Cesare haussa le menton.

— Quand je veux quelque chose, je l'obtiens. Pas parce que j'ai de la chance ou que je sais user de mon charme, mais parce que je suis un fin stratège et que je n'arrête pas de jouer avant d'avoir gagné.

L'aube n'était pas encore levée, et la mer restait sombre. Cesare, éveillé aux côtés de Jemima, la regardait dormir. Son souffle régulier, apaisant, semblait accordé au rythme de la marée. Il se perdit dans la contemplation de son visage et fut surpris lorsqu'elle entrouvrit les yeux.

— Tu dormais.

— Je somnolais, corrigea-t-elle.

— Ce n'est pas la même chose ?

Elle secoua la tête, le regard soucieux.

— Je réfléchissais au soir de notre rencontre… Si tu pensais que je n'étais qu'une gosse de riche comme ceux dont s'occupait ta mère, pourquoi m'as-tu embrassée ?

C'était une bonne question, il se l'était posée aussi.

— Je te désirais.

Elle grimaça.

— Je m'en doute. Mais tu n'es pas le genre de type à céder à toutes tes faiblesses. Tu es discipliné, déterminé. Tu ne m'aurais pas emmenée chez toi sans un plan derrière la tête.

Le renfrognement de Cesare s'accentua : elle avait raison, ce qui le mettait dans une situation délicate.

— Tu étais là, et je pensais que tu étais disposée à t'offrir à moi pour graisser les rouages de la transaction…

Il vit son regard furibond et ajouta :

— J'avais tort.

— Tu avais tort. Mon consentement n'avait rien à voir avec Laurence. Ni cette nuit-là ni les suivantes.

— Le temps que nous avons passé ensemble, lui rappela-t-il, a été motivé par l'investissement que j'ai fait pour lui.

Elle se mordit la lèvre, pesant visiblement ses mots.

— C'est la raison pour laquelle je suis venue à toi, mais pas celle pour laquelle je suis restée. Je voulais que tu le saches avant demain, avant que toi et moi… Que ce ne soit terminé. Je ne veux pas que tu réécrives notre histoire, quand tu y repenseras.

Un haut-le-cœur s'empara de lui.

Il ne repenserait pas à « leur histoire », comme elle disait. Il ne repensait jamais à ses amantes, ça ne faisait pas partie de son code génétique. Jemima disparaîtrait de son esprit comme les autres quand il en aurait terminé avec elle.

Il s'en faisait la promesse, mais la conviction manquait. Une partie de lui haïssait de voir l'accord toucher à son terme. Deux semaines, cela paraissait généreux au début. Quand avait-il désiré une femme avec la même intensité sur une période aussi longue ? Aujourd'hui, il n'arrivait pas à imaginer son corps ailleurs que près du sien. Devait-il oublier son rire, sa tendresse ?

Il chassa comme il put cette pensée importune.

— Ce n'est pas ce que je comptais faire.

— Je ne suis pas ici pour Laurence, répéta-t-elle en plantant son regard émeraude dans le sien.

Il était dévoré par l'envie de l'attirer à lui pour qu'elle se fonde contre son corps.

— Alors, pourquoi as-tu accepté ?

— Honnêtement ? Je te voulais. Je n'arrivais pas à arrêter de penser à toi.

Il maudit la joie qui le saisit à son aveu. C'était l'exact opposé de ce dont il avait besoin. Il ne s'était pas engagé dans cette histoire pour ressentir quoi que ce soit. Ce n'était que du sexe, beaucoup et du très bon, avec une femme qui ne représentait rien à ses yeux. Au contraire, ses racines aristocratiques le révulsaient. Mais elle était à des lieues de la réputation que lui faisaient les tabloïds ou de ce que son éducation aurait pu laisser présumer. Elle était Jemima. Douce, franche, et terriblement attirante.

— Si tu veux le savoir, oui, je priais pour que tu investisses. Et je suis ravie que tu l'aies fait. Je ne supportais pas de voir Laurence dans une si mauvaise passe, et avec un peu de chance, il pourra bientôt m'aider pour Almer Hall.

Avec un sourire poignant, elle conclut :

— Mais je n'aurais pas accepté de coucher avec toi, quel qu'en soit le bénéfice, si je n'en avais pas eu envie.

Ce qu'elle disait était dangereux. Elle lui offrait quelque chose qu'il avait évité toute sa vie : de l'affection. Il vaudrait mieux que leur contrat se termine et qu'il revienne à ce qu'il avait toujours connu… Mais quand il tenta d'envisager l'avenir sans elle, la lame d'un poignard vint appuyer contre son cœur, rendant sa respiration difficile.

Il détourna le regard, les dents serrées.

— Alors, si j'annulais mon investissement, ça ne te ferait rien ?

Il la sentit bouger contre lui.

— Bien sûr que si. Mais pas parce que cela remettrait en cause les deux semaines que nous avons passé ensemble. Je t'en voudrais parce que tu l'as promis à Laurence et qu'il compte sur toi. Je t'en voudrais parce que ce serait une chose terrible à faire.

Il se retourna vers elle et apaisa ses inquiétudes.

— Ne t'inquiète pas, je ne compte rien faire de ce genre. Mais tu es très naïve si tu ne vois pas le lien direct entre l'argent que je verse et ta décision de devenir ma maîtresse.

— Je… Je n'ai pas dit qu'il n'y avait pas de lien.

— Je t'ai fait cette proposition parce que j'avais envie de toi et que le désir était mutuel. Et tu as accepté parce que tu ne pouvais pas faire autrement. Je te l'ai dit, je suis un fin stratège. J'ai fait en sorte que tu te retrouves dans cette situation. Ce n'était pas un hasard, c'était voulu.

La pièce était sombre, éclairée seulement par la lueur blafarde de la lune, mais celle-ci fit étinceler les larmes aux yeux de Jemima.

— Tu te trompes, murmura-t-elle. Ce n'est pas pour l'argent que je suis là.

Il parla d'une voix douce, masquant sa désapprobation pour ne pas lui faire de mal.

— Si, Jemima. Et ça n'est pas grave. Chaque personne a son prix, tu as eu au moins l'élégance de te vendre au service d'un autre, pas pour ton propre intérêt. C'est déjà ça.

Ses propres mots résonnaient toujours aux oreilles de Cesare le lendemain matin.

Il avait blessé Jemima, très certainement. Ils ne s'étaient pas reparlé depuis. Elle lui avait tourné le dos, et le silence était tombé sur la chambre, le laissant seul à ses ruminations. La nuit avait cédé la place à l'aube, et il avait quitté avec précaution le lit où Jemima était toujours endormie.

C'était le début de leur dernière journée ensemble, et cette pensée le consternait. Il n'était pas prêt à la laisser partir malgré les illusions dont il s'était bercé la nuit précédente. Jemima avait été une distraction inattendue, mais elle ne s'évanouirait pas de son esprit en disparaissant de sa vie. Il avait manœuvré pour la mettre dans son lit mais n'avait pas le même succès pour la sortir de son cerveau. Il lui fallait plus de temps. Plus de nuits et plus de jours pour venir à bout de la fascination qu'elle lui inspirait. Pour enfin l'oublier et reprendre le cours de sa vie.

Il attrapa une serviette qu'il se noua autour des hanches et se rendit dans son bureau. Assis à son ordinateur, il commença à échafauder une stratégie, déplaçant les pions dans son esprit pour obtenir de Jemima la réponse qu'il voulait. Il avait toujours été doué pour arriver à ses fins, et il comptait mettre tout son talent en œuvre ce matin. La machination était basse, certes, mais la fin justifiait plus que jamais les moyens.

12.

Jemima se réveilla difficilement, tard dans la matinée. Cela ne la surprit pas car elle avait passé une partie de la nuit à fixer le mur de la chambre, incrédule.

« Chaque personne a son prix, tu as eu au moins l'élégance de te vendre au service d'un autre. »

C'était faux. C'était l'anxiété pour son cousin qui l'avait poussée à agir, pas son âpreté au gain. Ce qu'il s'était passé entre elle et Cesare par la suite n'avait rien à voir avec Laurence ni avec l'argent que Cesare lui avait versé. Elle n'était ni mercenaire ni à vendre. Il s'agissait de tentation, de désir, de luxure.

L'estomac noué, elle se redressa, cherchant son téléphone des yeux.

10 heures du matin.

Elle prit son temps avant de descendre, se délassant sous une longue douche avant de passer un short en lin et un petit haut en soie, dos nu, qu'elle avait porté à Paris lors d'un défilé du début de l'été.

La journée était aussi splendide que les précédentes. Le ciel d'un bleu éclatant, invariablement sans nuages, resplendissait sur les flots turquoise et le sable blanc avec l'arrogance indifférente de la beauté. Les yeux fixés sur cette vision de paradis, elle se prépara un café, traversée d'un sentiment étrange.

C'était son dernier jour avec Cesare. Elle s'y était préparée : chaque chose a une fin, et elle avait fait la paix avec la triste échéance. Pourtant, malgré les mots horribles qu'il avait eus la veille, la fin de leur histoire lui poignait le cœur. Elle prit sa tasse de café et respira les volutes chargées d'arôme, fermant les yeux pour déguster la première gorgée… Et l'image de Cesare s'imposa dans son esprit. Son visage, bien sûr, mais aussi toutes les facettes de sa personnalité complexe.

Le cœur lourd, elle s'abandonna au désespoir.

Était-ce réellement la fin de leur histoire ? À quoi ressemblerait sa vie, de retour à Londres ? Les séances photo, ce monde qui lui semblait plus superficiel encore que lorsqu'elle l'avait quitté, la solitude de ses parents à Almer Hall, leur deuil qui n'en finissait pas, et pour elle la terrible certitude de ne plus jamais revoir Cesare.

Une vie sans lui.

Il entra dans la cuisine derrière elle, le bruit de ses pas résonnant sur le carrelage.

Elle se tourna à peine, incapable de rencontrer son regard.

— Bonjour.

Son silence, en retour, la poussa à se tourner vers lui.

En apparence indifférent, il était trahi par son regard : il avait quelque chose d'important à lui dire.

— Tu es réveillée.

Elle hocha la tête.

— Parfait. Il faut qu'on parle.

Les doigts serrés autour de sa tasse pour les empêcher de trembler, elle attendit, adossée au comptoir de la cuisine.

Il marcha jusqu'à elle, faussement détendu.

— Je ne veux pas que ce soit notre dernier jour.

— Pardon ?

Elle n'était pas sûre d'avoir bien entendu.

Cesare croisa les bras sur sa poitrine.

— Je ne sais pas combien de temps ce que nous vivons va durer. Je n'ai pas les réponses que je pensais. Tu m'as pris par surprise, Jemima. Mais je ne veux pas que ça cesse déjà.

Le soulagement commença à poindre en elle, et un sourire lui monta aux lèvres.

— Moi non plus.

— Je sais. Je ne peux pas prendre plus de congés. Pour que ça fonctionne, il faudrait que nous soyons basés à Rome. Si tu veux accepter des séances photo, tu pourrais utiliser mon jet, le temps que notre arrangement continue.

Une alarme se mit à sonner en elle. Elle leva les yeux vers lui, confuse.

— Quel arrangement ?

— Toi, étant ma maîtresse.

Comme un ballon qu'on crève, son bonheur s'éteignit. Elle lui jeta un regard vide.

— Ta maîtresse ? murmura-t-elle d'une voix blanche.

Cesare hocha la tête et se pencha sur elle, et elle n'eut pas la présence d'esprit de résister. Leurs corps se répondaient avec familiarité. Il était tout ce qu'elle désirait.

— Ce serait simple de continuer ce que nous avons vécu depuis deux semaines, jusqu'à ce que nous soyons prêts à aller de l'avant.

Le sentiment ressenti était proche d'une chute, d'une voiture folle précipitée vers le versant d'une falaise.

Cesare était calme, ordonné, il parlait avec l'autorité absolue de celui qui exécute un plan mûrement réfléchi. Mais la dernière phrase, particulièrement, était un coup de poignard : « prêts à aller de l'avant » !

L'estomac retourné, elle s'écarta pour poser sa tasse de café.

— On peut mettre une nouvelle échéance, si tu préfères, murmura-t-il sans bouger. Un mois ?

Elle ferma les yeux, incapable de croire ce qu'elle entendait. Sa poitrine comprimée refusait de laisser passer l'air. Elle se mordit la lèvre et tenta de garder bonne figure, de ne pas céder aux larmes qui montaient.

— Un mois, répéta-t-elle pour elle-même, incrédule.

C'était loin d'être assez. Ça ne serait *jamais* assez.

— Je peux t'aider, pour Almer Hall.

Les yeux écarquillés, elle lui jeta un regard confus.

— Quoi ?

— Je veux t'aider, répéta-t-il, contrit, comme contre sa volonté.

— M'aider comment ?

— Il y a quatre emprunts à régler pour la maison. Tu en as égratigné la surface avec tes remboursements, mais sans réellement changer quoi que ce soit à la situation.

Il s'était rapproché d'elle, prédateur.

Sur la défensive, elle répondit faiblement :

— Comment le sais-tu ? Cette information est privée.

— Je connais du monde à ta banque.

Elle hocha la tête, incrédule.

— Bon sang… Et ils t'ont donné ce genre d'informations comme ça, sans sourciller ?

— L'information n'est pas confidentielle, juste difficile à obtenir sans les bons contacts. Je sais ce que je fais, Jemima. Et je veux t'aider avec Almer Hall.

Elle comprit enfin ce qu'il entendait réellement, et elle sentit son estomac se soulever.

« Chaque personne a son prix, tu as eu au moins l'élégance de te vendre au service de quelqu'un d'autre. »

Voilà ce qu'il pensait réellement d'elle.

Elle cilla, prise d'un violent accès de haine à son égard. Une haine d'autant plus ravageuse qu'elle ne le haïssait pas, comme son cœur déchiré le lui rappelait douloureusement. Après tout ce qu'elle avait traversé, comment ne pas voir sa proposition comme une traîtrise ?

— Tu dis que tu m'aideras, mais seulement si j'accepte ta… proposition, c'est ça ?

— Je t'offre tout ce dont tu pourrais rêver, répondit-il simplement, contournant son accusation.

Il avait tort. À un point dont il ne se doutait même pas.

— Non. C'est ce que tu crois, mais tu te trompes.

Il posa une main sur sa joue et la força à le regarder.

— Alors tu veux que ce soit notre dernier jour ? Que tout s'arrête ici ?

Elle ne luttait plus contre les larmes. Elle secoua la tête

pour signifier qu'elle ne voulait pas que ça s'arrête, sachant que sa voix se briserait si elle tentait de parler.

Cesare reprit, triomphant :

— Moi non plus. Voici la solution : viens à Rome avec moi pour un mois. J'effacerai l'ardoise d'Almer Hall. Un mois dans mes bras, et tu pourras passer le reste de ta vie sans t'inquiéter pour ta demeure familiale ni tes parents.

Elle ravala un sanglot et murmura :

— Tu avais raison, donc.

— Comment ça ?

— Chaque personne a son prix.

Un éclair fugitif de remords passa dans les yeux de Cesare, aussitôt écrasé par son arrogance.

— Je ne voyais pas cela comme une insulte.

Elle renifla et hocha la tête.

— Ah, vraiment ?

— Je ne parlais pas de toi. Ça peut s'appliquer à n'importe qui.

— Je n'en crois pas un mot.

— Que tu le veuilles ou non, c'est la vérité. Le monde a toujours tourné comme ça. Je ne dis pas que tu accepteras uniquement pour Almer Hall, mais je sais que ma proposition facilitera ton choix.

— Tu as tort, insista-t-elle. Cela rend au contraire les choses plus difficiles. Si tu m'avais demandé de rester plus longtemps parce que tu ne voulais pas que je parte, parce que tu ne supportais pas l'idée de me voir disparaître de ta vie, j'aurais dit oui, mille fois oui, sans même réfléchir. Mais accepter d'être ta maîtresse avec un autre de ces accords mercenaires… Après tout ce qu'on a partagé, toi et moi… Comment peux-tu seulement m'en croire capable ? Cesare, pourquoi veux-tu que je reste ?

Sa mâchoire se contracta. Il serrait les dents.

— Dis-le-moi, Cesare, implora-t-elle.

Il resta muet.

— Parle. Je dois comprendre ce qui t'a amené à ça. Je dois savoir ce que tu ressens.

— Ce que je ressens ?

Il parlait enfin, un flot de mots brusqué par la frustration et l'impatience.

— Je n'en sais rien ! Tout cela est nouveau pour moi. Je pensais que deux semaines à tes côtés seraient suffisantes, et ça n'a pas été le cas. Je finirai par m'en remettre, par t'oublier, mais j'ai besoin de plus de temps. De plus de toi.

Elle ferma les yeux.

— Eh bien… C'est la première fois qu'on me parle de moi comme d'une drogue.

Il grimaça.

— Ce que je voulais dire, c'est que…

— Que tu n'arrives pas à me sortir de ta tête. Que tu me veux dans ta vie jusqu'à ce que tu n'aies plus envie de moi, et pas une seconde plus. Et moi, Cesare ? Et moi, là-dedans ?

— Je te l'ai dit, tu pourras avoir tout ce que tu veux.

— Et si tout ce que je veux, c'est toi ?

Cesare réagit comme si l'idée ne l'avait jamais traversé.

— Mais… tu m'auras. Comme toutes les nuits depuis deux semaines.

— Non ! s'exclama-t-elle. Ce n'est pas ce que je veux dire !

— Qu'est-ce que tu veux dire, alors ? Qu'est-ce que tu veux ? Je te donnerai tout, si tu acceptes.

Ces mots déclenchèrent en elle quelque chose qu'elle aurait dû voir venir depuis longtemps.

Son offre aurait pu être tentante. Plus de temps avec Cesare, plus de son corps, de ses mains, de ses yeux, pour un mois ? C'était déjà ça, si l'on prenait le temps d'y réfléchir. Mais elle se rendait compte que désormais chaque jour serait une agonie, une torture sans nom.

Elle se raidit et marcha jusqu'à la fenêtre, perdant son regard au loin sur la mer.

— Tout. Qu'est-ce que ça veut dire ? murmura-t-elle, le cœur serré.

— Almer Hall sera sauvé. Tu n'as qu'un mot à dire.

— Et tu appelleras ma banque et sortiras tes millions, pour que je te fasse l'amour jusqu'à ce que tu t'en lasses enfin.

Elle se retourna, furieuse.

— Et si j'en veux plus ? reprit-elle d'une voix tranchante. Si je veux ta carte de crédit ? Des robes ? Des diamants ?

Surpris, Cesare écarquilla les yeux avant de hausser les épaules, le regard dur, l'expression déterminée.

— Tout ce que tu veux.

— *Non*, bon sang ! Tu penses vraiment que c'est ce que je veux ?

— Tu as dit à quel point Almer Hall comptait pour toi, répondit-il, calme face à sa colère.

La fureur éclipsait tout. Tremblante de rage, elle jeta :

— Que tu puisses utiliser cela… Me faire chanter, après tout ce qu'on a…

— Ce n'est pas du chantage, l'interrompit-il. Chacun obtient ce qu'il veut dans cette affaire. Nous voulons tous les deux plus de temps ensemble.

— Mais si je te laisse faire, je te donnerai raison : je ne serai rien d'autre qu'une femme qu'on achète. Je refuse que tu puisses penser cela de moi. Je voulais juste être avec toi, Cesare. Je le veux encore.

Son beau visage était triste, désormais, blafard.

— Mais tu ne me donneras jamais ce que je veux vraiment. Passer une nuit de plus avec toi ou cent, sachant qu'il y aura une date limite… C'est impossible. Ce serait un enfer.

Cesare n'était pas prêt à rendre les armes.

— Mais enfin, qu'est-ce que tu veux ?

Il s'avançait vers elle, et elle sentit ses jambes se dérober sous elle.

Elle n'avait pas peur de lui mais bien de céder à ses arguments fallacieux pour s'autoriser plus de temps à ses côtés. Ce qui la détruirait irrémédiablement.

— J'en veux plus.

— *Sí, uccellina*, dit-il en l'enveloppant d'un regard intense.

Elle détourna les yeux, convaincue qu'il était prêt à répondre positivement à ses demandes les plus folles. Tant que l'on restait dans le cadre de son arrangement financier, bien sûr. Elle posa une main sur son torse, le visage défait.

— Je voudrais que ce soit réel…

Sa voix était rauque, baignée de larmes, lorsqu'elle reprit :

— Je voudrais me réveiller chaque matin sans le spectre d'un sablier qui s'écoule sur notre relation. Je veux me réveiller chaque matin à tes côtés pour le restant de nos jours.

Il était important qu'elle parle, qu'elle vide son cœur, même alors que la consternation et l'incrédulité envahissaient le visage de Cesare.

— Je veux que tu m'aimes comme je t'aime, murmura-t-elle encore.

Un bref instant, elle se laissa porter par l'espoir. Les yeux écarquillés, le souffle court, elle attendit.

Jusqu'à ce que le couperet s'abatte.

— C'est impossible.

— Pourquoi ?

Il resta parfaitement immobile, sa respiration saccadée démentant le calme qu'il s'efforçait de montrer.

— Je t'ai fait une proposition claire : la même chose que ce que je te propose depuis le début. Du sexe. Du bon temps. Rien d'autre.

— Tu crois vraiment que c'est ce qu'il se passe entre nous ?

— Il y a des limites à ne pas dépasser. Une limite au temps que nous passerons ensemble, une limite à ce que je peux t'offrir. Ces limites, ces règles, c'est une bonne chose pour nous deux.

— Pas pour moi, répliqua-t-elle. Je ne veux pas de limites avec toi. Je veux être avec toi tout le temps.

Elle se dressa sur la pointe des pieds, de manière à ce que leurs lèvres ne soient plus qu'à quelques centimètres de distance. Elle pouvait entendre son propre cœur cogner contre sa poitrine.

— Dis-moi que tu ne ressens pas la même chose.

Cesare ne bougea pas.

— Lorsque ma mère est morte, j'ai juré de faire fortune, de vouer ma vie à cet accomplissement. C'est la seule chose que j'aie jamais voulue, Jemima. Les relations ne font pas partie de ce que je suis. Ma décision est prise depuis longtemps, et rien ni personne ne m'en fera dévier.

Il posa la main sur sa joue, la dévorant toujours des yeux.

— Tu n'es comme aucune femme que j'ai connue, et si je devais franchir cette limite, c'est avec toi que je le ferais.

De son pouce, il traça un bref instant le contour de ses lèvres avant de conclure :

— Mais ce n'est pas ce que je veux.

— Tu ne veux pas de moi, rectifia-t-elle.

— C'est faux. Je te veux, mais pas comme ça. Je veux ce que nous avons en ce moment, pour encore un peu de temps, avant de nous dire au revoir, merci, de nous sourire en sachant qu'on ne se verra plus jamais, mais que le jeu en valait la chandelle. Ne comprends-tu pas que c'est une bonne chose pour nous deux ?

La douleur comprimait la poitrine de Jemima.

— Te quitter ne sera jamais une bonne chose. Ni maintenant ni dans un mois, jamais. Je suis amoureuse de toi, Cesare. Ça n'a ni sens ni raison, et ça ne s'arrêtera pas. Je t'aime et je veux passer le reste de ma vie avec toi. Je veux avoir… Je ne sais pas, je… Une famille. Avec toi. Je veux vieillir à tes côtés.

Elle n'avait pas prévu ces mots, mais leur légitimité s'imposa avec force une fois qu'elle les eut prononcés.

Pour Cesare, le choc semblait total.

— Je tombe des nues. Je n'y avais jamais pensé auparavant.

Sa voix paraissait à présent distante aux oreilles de Jemima, comme après la déflagration d'une bombe.

Elle ferma les yeux, respirant difficilement.

— Je n'y avais pas non plus pensé clairement. Mais aujourd'hui, c'est limpide, Cesare. Je le ressens dans chaque fibre de mon corps. Je sais que je t'aime, et je sais que je ne peux pas rester une seconde de plus à tes côtés s'il n'y a aucun espoir que tu m'aimes en retour.

— C'est sans espoir. Écoute-moi : tu ne m'aimes pas. Je comprends tout à fait que tu le penses, mais c'est juste le manque d'expérience qui parle. Ce que tu aimes, c'est le sexe entre nous.

Elle faillit le gifler.

— Comment oses-tu diminuer ce que je ressens ? Je connais la différence entre l'amour et la luxure.

— Vraiment ? Et comment ?

— La luxure, c'est ce que j'ai ressenti pour toi cette nuit-là, à Londres, quand tu m'as embrassée au restaurant, la nuit où j'ai perdu ma virginité. La luxure, c'est ce que je ressentais quand tu étais à l'intérieur de moi. L'amour, c'est ce que j'ai ressenti quand tu m'as montré ce qu'il y avait là…

Elle appuya du doigt sur son torse, à l'emplacement de son cœur.

— Quand tu m'as parlé de ton enfance, de ta mère, des rêves que tu avais pour ta vie. L'amour, c'est ce que j'ai ressenti quand tu m'as demandé de te parler de ma famille, quand tu as vu plus loin que mon nom, et chaque nuit, quand tu me tenais dans tes bras et que tu m'embrassais avec une délicatesse qui venait tout droit de ton âme.

Figé, Cesare restait immobile, muet.

Elle sentit son cœur se fissurer, attendant vainement qu'il la rassure, qu'il mette fin au supplice qui les consumait.

— Je pense que tu m'aimes aussi, finit-elle par murmurer. Tu passes ton temps à dire que je suis différente des autres. Tu as dépensé une fortune pour me mettre dans ton lit, et maintenant tu veux que j'y reste un mois de plus. Comment sais-tu que ce sera suffisant ? Comment ne pas imaginer que nous aurons la même conversation dans trente jours ?

— Parce que j'en ai décidé et que je m'y tiendrai cette fois.

Elle secoua douloureusement la tête.

— Tu ne peux pas mettre tes sentiments en veille, Cesare. Tu me veux dans ta vie, et tu le sais.

Elle ne pouvait pas abandonner. Il fallait qu'il se rende compte qu'il l'aimait.

— Tu as dépensé un demi-milliard de livres pour ne pas me perdre…

Il recula d'un pas, le regard froid.

— J'avais déjà instruit mon avocat d'investir dans le fonds, Jemima. Te mettre dans mon lit, c'était juste la cerise sur le gâteau. Rien de plus.

Elle fronça les sourcils, incrédule.

— Tu… Tu m'avais dit que tu ne voulais pas investir, tu te souviens ? À moins que je ne vienne avec toi…

— J'ai menti. Je t'ai menti pour obtenir ce que je voulais. Toi. Je me suis servi de ce que j'avais à disposition. Je savais que tu étais prête à tout pour Laurence.

Elle ne comprenait pas. Ça n'avait aucun sens.

— Voici l'homme dont tu penses être amoureuse, poursuivit Cesare. Voici ce dont je suis capable.

— Mais… pourquoi ?

— Parce que je ne voulais pas que tu refuses. Parce que j'avais envie de toi et que j'ai pour habitude de faire ce qu'il faut pour ne jamais échouer.

Elle persista, ignorant sa réponse.

— Alors, pourquoi as-tu investi une part aussi importante ? Je sais que ça n'était pas de l'altruisme. Si tu ne l'as pas fait pour moi, alors pour quoi ?

Le couperet tomba.

— Ton cousin est assis sur une montagne d'or, et il ne s'en rend même pas compte. Les cinq cents millions que j'ai investis vaudront un milliard d'ici la fin de l'année.

Elle chancela.

— Quoi ?

— Lorsqu'on parle affaires, je fais mes pronostics avec soin, Jemima. Je savais très bien ce qu'il y avait en jeu avant d'arriver au restaurant. Je te le répète, tu étais la cerise sur le gâteau. Je ne mélange pas travail et plaisir. Tu vois que tu ne peux pas m'aimer. C'est impossible.

Le cœur de Jemima se serra.

Elle avait face à elle un enfant triste, convaincu qu'il n'avait que de l'argent à offrir. Que sa mère l'aurait aimé plus si elle avait pu voir la fortune qu'il avait amassée. Un homme qui mettait fin à ses relations de peur d'être abandonné.

— Malgré tout ça, je t'aime, murmura-t-elle. Malgré la douleur que tu m'infliges, malgré la trahison, malgré ce que je peux penser de moi maintenant, je suis amoureuse de toi.

— Et pourtant, tu sais que je ne t'aimerai jamais en retour.

— Non, murmura-t-elle d'une voix hantée.

— Si. Je t'ai prévenue du genre d'hommes que j'étais, de ce dont je suis capable, et tu l'as délibérément ignoré.

— Tu te trompes. Je sais ce que tu as dit de toi, mais je te vois tel que tu es réellement. Il y a quelque chose en toi que tu refuses de voir, Cesare.

Il secoua la tête pour la contredire.

— C'est ce que tu crois, mais ce n'est pas réel, Jemima.

— Cesare… Tu passes ta vie à fuir. Tu penses réellement que le travail, l'argent, tes comptes en banque te font te sentir mieux ?

Elle vit son expression changer, se durcir, et comprit qu'il n'allait bientôt plus l'écouter. Malgré tout ce qu'elle pourrait dire, il ne changerait pas de cap. Pourtant, elle repartit à l'attaque.

— Ton tatouage. *Come sono…* Tu es ce que tu es, et je t'aime pour ce que tu es, Cesare. Tout le reste n'a que peu d'importance, finalement. Sache juste que je suis consciente de ta valeur. Je la vois, même si tu refuses de l'accepter.

Une veine battait à sa tempe.

— Tu te trompes à mon propos.

— Non, Cesare. Tu es une bonne personne.

— Je veux dire que tu te trompes en me croyant brisé

ou malheureux. Je vis ma vie comme je l'entends, Jemima. Je fais ce que je veux.

— Et tu ne veux pas de moi dans ta vie.

Il lui jeta un regard froid, détaché.

— Non, Jemima. Je pourrais mentir pour obtenir plus de temps avec toi, mais je ne le ferai pas. Tu sais ce que je t'offre. La décision t'appartient.

Elle hocha la tête, pâle comme la mort.

— Ça n'est pas une décision. Je ne peux pas rester.

Ils restèrent immobiles plusieurs secondes, avant qu'elle répète, comme si elle suffoquait :

— Je dois partir, Cesare. Je t'en prie.

— Non !

Elle éclata d'un rire sans joie.

— Tu viens tout juste de dire que la décision m'appartenait.

— Reste une semaine. Juste une semaine. Les termes ne changent pas. Tes dettes disparaissent.

Le torrent de larmes ne tarissait pas.

— Ne fais pas ça, hoqueta-t-elle. Tu n'es pas cet homme-là. Tu n'es pas ce genre d'hommes, et je ne suis pas ce genre de femmes. Tu vaux tellement mieux que cela !

13.

Cesare se rendit compte de la date à l'instant où il ouvrit les yeux.

Cela faisait quatre semaines que Jemima était sortie de sa vie. Aujourd'hui était le jour où leur contrat aurait dû s'achever. Si elle avait accepté sa proposition, ils auraient passé ces quatre semaines ensemble.

Au lieu de cela, il l'avait laissée partir, sachant que c'était le mieux à faire malgré ce que lui criaient ses tripes. Il aurait voulu insister pour qu'elle lui donne une dernière nuit, mais il l'avait raccompagnée en hélicoptère jusqu'à l'aéroport où son jet attendait pour l'emmener en Angleterre. Il n'avait pas fait ce dernier trajet avec elle. Inutile de prolonger la torture. Sur la fin, elle était de toute façon incapable de le regarder dans les yeux.

C'était donc ça, l'amour, qui éloignait les gens les uns des autres ?

Il contempla la surface immobile du lac perdu au cœur de l'Alaska, nimbé d'une écharpe de brouillard en cette froide matinée d'automne.

Il revivait en esprit les détails de leur dernière journée. Le visage de Jemima fermé et douloureux, et son incapacité absolue à lui de lui tendre une bouée de sauvetage. Pour la première fois de sa vie adulte, il n'avait pas trouvé les mots. Il aurait voulu la rassurer, mais qu'avait-il à lui offrir ?

Rien. Pas d'amour, alors que c'était pourtant la seule chose qu'elle désirait. Elle avait été parfaitement claire sur ce point.

Avec un grondement frustré, il se leva de la chaise à bascule et rentra dans la vieille cabane de bois. L'air était froid, mais il aimait en sentir la morsure. Cela lui donnait l'impression d'être en vie, une sensation qui lui faisait défaut ces dernières semaines.

Il se prépara un café noir et le versa dans une des tasses en fer émaillé qu'il laissait dans la cabane. Il prit une gorgée du liquide amer avant de reporter son regard vers le lac.

Il fallait qu'il courre. Plus vite que le jour précédent. Il n'avait pas été capable de laisser ses pensées derrière lui. Peut-être réussirait-il aujourd'hui ? Après s'être changé rapidement, il dévala les marches de la terrasse et entreprit son habituel tour du lac.

Mais il pouvait toujours courir pour oublier Jemima, c'était peine perdue. Elle emplissait son esprit comme un brouillard toxique. Le pire, ce n'était pas cela, pourtant, c'était de savoir à quel point il avait eu tort. Il se haïssait de l'avoir blessée. Il lui avait menti pour faire d'elle sa maîtresse, il l'avait soumise au chantage par rapport à son cousin et son avenir. Et puis, sur la fin, il avait recommencé pour faire bonne mesure.

Déplorable.

Avec un grognement, il accéléra sa course. Un branchage craqua sous son pied. Il courait, tête baissée, sans regarder où il allait, et soudain il le vit, presque trop tard. Il avait manqué lui foncer dessus. C'était un énorme grizzly, à quelques mètres à peine.

Il s'immobilisa, le sang battant frénétiquement à ses tempes. Son instinct primal prit le dessus. L'adrénaline avait un goût métallique dans sa bouche, et il se fit la réflexion qu'il n'avait jamais été aussi concentré sur quelque chose : survivre. L'ours, à trois pas de lui, dévorait un poisson, le dépeçant méthodiquement. Il se retourna, le fixant d'un œil noir, intrigué.

Il n'était qu'à quelques mètres d'une bête capable de le tailler en pièces. Il fallait qu'il courre. Qu'il batte en retraite. Qu'il sauve sa peau.

Il n'en fit rien. Il rendit son regard à l'animal, un regard où affleurait la frustration d'une vie qu'il jugeait pathétique, faite d'occasions manquées. Il regardait l'ours et se voyait lui-même clairement. Il voyait le chemin que prenait sa vie, un chemin délibéré, et il fut sur le point de prier l'animal de mettre fin à ses souffrances.

Quelle utilité y avait-il à rester en vie lorsqu'on menait la sienne ?

La pensée le prit par surprise et le laissa désemparé. Il regardait toujours l'ours, et l'ours lui rendit son regard avant de s'ébrouer d'une manière qui rappelait un haussement d'épaules, puis de faire demi-tour, ses pattes puissantes le portant dans la direction opposée.

Immobile, Cesare le regarda s'éloigner.

Il avait été sur le point de céder et de s'offrir en pitance, mais la bête était partie.

Quelque chose de nouveau s'éveilla en lui.

— Allez, Jem, tu es prête… Tu ne peux pas te rétracter.

Jemima fixa Laurence.

Il avait raison. Elle ne pouvait le laisser tomber.

Ils étaient au douzième étage d'un des meilleurs hôtels de Londres, et elle venait de passer une robe-fourreau vintage. Pourtant, la seule chose dont elle rêvait, c'était de se recroqueviller sur le lit gigantesque et de fixer le mur. Son quotidien depuis cinq semaines.

Cinq semaines ? On aurait dit cinq ans.

À la mort de Cam, quelqu'un lui avait dit que le temps guérissait les blessures, et elle s'était accrochée à cet espoir comme un enfant à un doudou : la douleur s'apaiserait avec le temps.

C'était en partie vrai. Elle pensait à son frère quotidiennement, elle se demandait quelle vie il aurait menée, mais elle ne le pleurait plus comme à l'époque. Elle souriait même, désormais, au souvenir de ses taquineries. Serait-ce la même chose pour Cesare ? Arriverait-elle un jour à démêler la douleur des bons moments passés ensemble ?

— Il ne sera pas là, continuait Laurence. J'ai parlé à sa secrétaire, elle m'a affirmé qu'il ne pouvait pas venir. Tu ne vas pas tomber dessus au détour d'un couloir.

Elle avait soigneusement sélectionné ce qu'elle pouvait dire à son cousin, ne voulant pas qu'il culpabilise même s'il n'était pour rien dans toute cette affaire. Juste une aventure, avait-elle dit, une façon agréable de passer un moment. Mentir lui avait pris le peu d'énergie qu'il lui restait, mais elle avait bien fait.

— Ça ne me dérangerait pas, fit-elle d'un ton détaché.

— C'est ça, je te crois, plaisanta Laurence. Allez, viens. Une heure. Tu boiras du champagne, tu danseras. Ça me ferait plaisir de te voir un peu heureuse, pour changer.

— J'ai l'air si désespéré que ça ?

— Absolument, confirma-t-il avec un sourire triste.

Il lui serra le bras avec empathie et murmura :

— C'est notre triomphe, Jemima. Je veux que tu sois à mes côtés. Il faut que tu sois là.

Elle le gratifia d'un sourire, mais pour elle, la cérémonie avait perdu tout sens.

Cesare avait eu raison : deux semaines après qu'elle avait quitté l'île de Giarda, Laurence l'avait appelée, fou d'excitation, pour lui dire qu'une des start-ups de la Silicon Valley dans laquelle il avait investi avait triplé de valeur. Elle ne savait pas comment Cesare avait pu prévoir cette hausse, mais il l'avait anticipée. Il le savait déjà lors de leur premier dîner, et un mois plus tard, quand elle était allée à Rome le supplier d'investir. Il l'avait utilisée à ses fins et, pire que tout, il le lui avait dit tout net. Réussir à tout prix… Il ne s'en cachait pas, mais elle n'avait pas su l'entendre. Aujourd'hui, elle n'avait plus que son chagrin. Cela ne changeait d'ailleurs rien au fait qu'elle l'aimait. Une personne ne se résume pas à un acte. Elle était si triste qu'il ne comprenne pas tout ce qu'il avait à offrir !

Mais, d'elle, il n'avait voulu que du sexe.

— Une heure, répéta Laurence en l'attirant vers la porte.

Elle prit une grande inspiration.

Il avait raison. La fête lui ferait du bien. Il faudrait bien qu'elle finisse par sortir de sa coquille pour affronter le monde, de toute façon…

— Tu es sûr qu'il ne sera pas là ?

Laurence s'arrêta, le visage empli de compassion, si bien qu'elle regretta d'avoir parlé.

— Qu'est-ce que ce salaud t'a fait ?

Il fallait qu'elle mente avec plus de conviction.

— Rien, marmonna-t-elle, la frange de son chignon stylé retombant sur son œil, ce serait gênant, voilà tout.

— Il n'y sera pas, répondit Laurence d'un ton averti.

— Parfait. On y va.

La salle de bal se trouvait au rez-de-chaussée du bel immeuble dont Cesare habitait le dernier étage, dans le penthouse. Enfin, pas en ce moment, si elle en croyait Laurence. Un orchestre jouait des standards de jazz pour la bagatelle de deux cents invités qui se pressaient sous les hauts plafonds. Tout le gratin des affaires était là, ravi d'avoir investi dans une affaire aussi juteuse.

Elle se réjouit pour son cousin.

— Je suis si fière de toi, Laurence, murmura-t-elle. Regarde ce que tu as accompli… Tu avais dit que ce serait un coup gagnant, et tu avais raison.

Elle lui posa un baiser sur la joue.

Il lui sourit en retour, radieux dans son smocking, lui rappelant Cam avec ses yeux rieurs et insolents.

— Merci, Jem. Vraiment.

Leur entrée fit sensation, et les financiers les plus cotés d'Europe s'arrêtèrent pour les suivre des yeux.

Il allait être difficile de prétendre être heureuse sous ces regards perçants, malgré son entraînement et l'habitude qu'elle avait d'être scrutée… Grâce au ciel, elle tomba sur un ami de Laurence et se pendit à son bras. Avec lui, la conversation resterait superficielle et badine, exactement ce qu'il lui fallait. Elle accepta même de danser, espérant grignoter ainsi un peu du temps qu'elle avait promis à son cousin. Et bientôt, bientôt, elle pourrait filer. Car elle n'en pouvait plus.

Cesare contemplait encore et encore Jemima, jusqu'à la nausée. Il la regardait danser, sourire, les yeux plongés dans ceux de son cavalier, et il serrait les poings à chaque fois que leurs corps se touchaient. Il se sentait envahi par une foule d'émotions qui, portées à leur paroxysme, ne donneraient rien de bon. La fureur lui tordait les tripes, bien qu'il n'ait aucun droit à une quelconque colère.

Ne lui avait-il pas dit qu'il n'y avait pas d'espoir pour eux ? Il avait préféré la regarder partir plutôt qu'admettre le lien qu'ils partageaient. C'était son choix. Sa faute. Le long poignard du remords lui fouaillait les entrailles.

Il ferait mieux d'attendre dans le hall en priant pour qu'elle ne parte pas au bras de l'autre homme.

Avec un grondement sourd, il fila vers la sortie et s'adossa au mur dès qu'il eut franchi la porte de la salle.

Des minutes passèrent, douloureuses. Il devenait fou à imaginer son corps se mêler à celui d'un autre.

Et si ces deux-là se fréquentaient ? S'ils couchaient ensemble ? S'il retournait dans la salle ? Mais non, ce serait une erreur. Si elle dansait toujours avec ce type, si elle l'embrassait… Il ne saurait pas se contenir.

Il attendit, les yeux fixés sur le tapis rouge de l'hôtel. Chaque fois que la porte s'ouvrait, il espérait la voir. La première fois, ce fut un couple trop occupé à s'embrasser pour se rendre compte qu'il les observait. Puis un vieil homme, visiblement ivre, qui cherchait l'ascenseur au mauvais endroit. Un couple encore. Et puis, ce fut elle.

Il se redressa, sentant son cœur sauter dans sa poitrine.

Elle était seule !

Mais elle semblait triste à pleurer. Elle avait l'air brisé.

Les entrailles serrées, il la regarda passer.

Elle marchait les yeux baissés, les sourcils froncés, comme elle défilait, son élégance naturelle s'exprimant jusque dans la douleur.

Il sentit sa poitrine se comprimer.

Comment n'avait-il pas compris que chaque nuit passée ensemble les avait unis l'un à l'autre ?

Jemima s'en était rendu compte, elle. Et lorsqu'elle avait essayé de le lui dire, il avait fait la sourde oreille. Il s'était montré buté. Inflexible.

Elle s'immobilisa, et il retint son souffle. La tête toujours baissée, elle finit par reprendre sa marche lente comme celle d'un condamné. Elle s'approcha de l'ascenseur, appuya sur le bouton d'appel.

Il bougea lorsqu'elle fut entrée dans la cabine de métal, à l'instant où les portes allaient se refermer. Par chance, il réussit à passer une main entre les deux battants, qui se rouvrirent. Jemima, l'apercevant, poussa un cri étranglé et recula, puis elle secoua la tête comme pour le chasser de son esprit. Il était visiblement la dernière personne qu'elle s'attendait à voir.

Le souffle court, il la regarda sans qu'aucun son sorte de sa gorge. Sans la quitter des yeux, il sortit son passe et appuya sur le bouton qui menait chez lui.

Jemima ne bougeait pas, son regard lourd posé sur lui. Quand l'ascenseur se mit en marche, elle s'accrocha à la rambarde intérieure comme pour éviter de tomber.

— C'est vraiment toi ? finit-elle par articuler d'une voix rauque. Je… Tu n'es pas… Tu n'étais pas censé être ici.

Son ton était accusateur.

Il réprima un juron.

Il n'avait prévu ni d'être ici ce soir ni qu'elle fonde sa venue sur son absence présumée. Mais comment lui en vouloir ?

— Changement de plan, murmura-t-il.

Le visage fermé, elle hocha la tête.

— Tu peux arrêter au douzième, s'il te plaît ?

Un instant, l'envie de refuser le tenta. Il pouvait attendre qu'ils arrivent au penthouse et la prendre dans ses bras pour tout lui expliquer. Mais il avait fait assez de dégâts. Il voulait réparer, cette fois. Il pressa le bouton, et l'ascenseur s'arrêta presque aussitôt, ouvrant ses portes sur le douzième étage.

— Pardon, fit-elle en passant devant lui sans lui accorder un regard, le dos droit, les épaules raidies.

Consterné, il la regarda s'éloigner. Elle souffrait par sa faute. Il se sentait dégoûté de tout et surtout de lui-même.

Á la porte de sa suite, pourtant, elle se retourna, mue par une frustration sauvage.

— Qu'est-ce que tu fais ici, Cesare ? Pourquoi es-tu revenu ?

— Je suis revenu pour te voir.

— Non. Pas question.

Elle avait énoncé son refus d'une voix claire.

— Juste pour parler, essaya-t-il à nouveau, envahi par la panique. Juste un moment.

— Non.

— Je t'en prie.

C'était un murmure, désormais, une supplique.

Elle leva le menton, interloquée.

Elle allait dire non de nouveau. Que ferait-il, alors ? Il était venu, sachant parfaitement qu'elle pouvait l'envoyer au diable, et il avait une réponse toute prête : il était déjà en plein enfer.

Mais Jemima n'était pas cruelle. Elle pratiquait la décence et la gentillesse, deux qualités dont il manquait cruellement.

— Deux minutes, dit-elle fermement, ouvrant sa porte et s'effaçant pour le laisser entrer. Après, tu disparais de ma vie.

14.

Jemima, les bras croisés, ne baissa pas les yeux.

— Je ne plaisante pas, Cesare. Tu as deux minutes pour me donner la raison de ta venue.

Elle tremblait comme une feuille, priant pour qu'il ne s'en aperçoive pas. Une part d'elle-même craignait encore d'être prise d'une hallucination. Elle ne pensait qu'à lui depuis qu'elle avait quitté la fête. Danser dans les bras d'un autre ne lui avait fait que regretter plus amèrement la proximité de Cesare, son odeur, sa chaleur. Et voilà qu'il lui était apparu dans l'ascenseur, prenant tout l'espace, embrasant son esprit. Elle n'avait qu'une seule envie : se jeter sur lui et hurler qu'elle était prête à tout pour gagner quelques jours de plus.

Heureusement pour elle, son cerveau s'y était refusé. Le souvenir des cinq semaines passé en son absence avait suffi à la ramener à la raison, heureusement.

— Est-ce que ça va ? murmura Cesare.

Elle leva les yeux au ciel.

— Je vais bien. C'est tout ?

— Non. Je voulais te voir, Jemima. Vraiment.

Elle était à bout de nerfs. Comme il se rapprochait, elle battit en retraite dans la cuisine et, avec des gestes mécaniques, mit en route la bouilloire électrique.

— Ça fait cinq semaines, répondit-elle, cinglante.

— Je le sais bien.

Elle attrapa une tasse à thé qu'elle posa sans ménagement sur le comptoir, la porcelaine claquant contre le marbre.

— Alors, qu'est-ce que tu veux ? Laisse-moi deviner. Si je couche avec toi ce soir, tu me donneras… Quoi ? Une rivière de diamants ? Une villa en Italie ? Quelle est ma cote en ce moment ?

Cesare baissa les yeux, et elle sentit qu'elle avait le dessus. C'était plaisant, pour une fois.

— Ou alors, tu veux deux nuits ? reprit-elle, poussant son avantage. Trois ? Ça te coûterait cher, tu sais. Un avion, ou quelque chose de ce genre.

Elle lui jeta un regard assassin en sortant un sachet de thé d'une boîte en métal.

— Tu as tout à fait le droit d'être en colère, commença-t-il d'une voix maîtrisée.

C'était comme jeter de l'huile sur le feu.

— Ça tu peux le dire, que j'ai le droit d'être en colère ! Je ne veux pas de toi ici ! Je ne voulais pas te revoir ! Ces cinq dernières semaines, je me suis sentie… J'ai été…

Elle hocha la tête, incapable de trouver les mots qui rendraient justice à son état.

— Et maintenant, tu te présentes ici, et tu restes à me regarder comme… Je ne sais même pas quoi, franchement. C'est juste que… Je ne peux pas faire ça. Tu imagines ce que c'est d'être dans ma peau ? Tu imagines ce que je vis depuis que l'on ne se voit plus ?

Sa gorge était sèche et nouée. Elle conclut :

— Laisse-moi seule, je t'en prie.

Des larmes roulaient maintenant le long de ses joues. Le thé était prêt, mais elle n'y prêtait pas attention.

— Je vais te laisser seule, promit-il en reculant jusqu'à la porte.

Au moins mettait-il un peu de distance entre eux.

— Pars, Cesare.

— Il me reste une minute.

Elle lui jeta un regard troublé avant de murmurer, vaincue :

— Alors, sers-t'en.

— Je ne sais pas comment ça a été pour toi, en revanche, je peux te dire ce que je ressens depuis que tu es partie.

Mais elle ne voulait pas entendre sa version. Le thé serait peut-être utile pour apaiser son cœur battant.

Elle porta la tasse à ses lèvres et but une gorgée.

— Je suis parti en Alaska pour travailler. Et réfléchir. Pour m'empêcher de trop penser à toi ou de te contacter. Il n'y a pas de réseau là-bas, et nous serions à des milliers de kilomètres l'un de l'autre. J'y suis parti pour t'oublier, mais la cabane et le lac sont devenus comme une chambre d'écho aux pensées que je ruminais. Tu étais partout, où que je regarde. Dans mes rêves, dans mon crâne, dans mon sang. J'avais besoin de te prendre dans mes bras.

Elle serra les dents, refusant de laisser ses paroles l'atteindre.

— Une dernière nuit, donc, comme je le prévoyais, persifla-t-elle. Quel est mon cadeau ?

Cesare cilla et prit un moment avant de répondre.

— Tu n'as pas de prix, Jemima. On ne peut pas t'acheter. L'argent n'a rien à voir avec nous, avec ce que nous étions l'un pour l'autre. Tu l'as toujours su, et peut-être que moi aussi, finalement. J'étais rassuré par le cadre de la transaction – ce à quoi j'excelle, ce que je connais. Mais si ce n'était que cela, je saurais comment y mettre un terme. On peut rompre une relation commerciale. Or, je ne veux pas rompre. J'avais tort, Jemima.

Elle hocha la tête, incapable de sentir si ces mots la touchaient ou pas.

— Impossible.

— Quoi ?

— Tout ça. Tu ne peux pas venir après cinq semaines et t'imaginer que ton petit discours va faire la différence.

Cesare hocha silencieusement la tête, avant de passer une main nerveuse dans ses cheveux.

Il paniquait ? Eh bien, c'était une bonne chose !

Elle reprit une gorgée de thé.

— Trente secondes, murmura-t-elle.

— Bon sang, j'essaye, Jem…

— Mais tu n'as rien dit qui me donne envie d'en entendre plus.

— J'étais furieux contre moi-même de te désirer à ce point après la première nuit. Lorsque tu es venue à mon bureau, j'y ai vu une opportunité. Je fonctionne comme ça. Je sais que c'est une mauvaise chose, mais… J'ai vu une faille à exploiter, et je m'y suis engouffré. L'amour que tu portais à ton cousin était une faiblesse à mes yeux, parce que je n'avais pas encore compris ce qu'est l'amour. Je ne pouvais pas comprendre ce que tu ressentais. J'étais aveugle à tout cela, et je ne me suis pas rendu compte de l'immense erreur que je commettais en m'engouffrant dans la brèche.

— En t'engouffrant dans mon lit, corrigea-t-elle sèchement, refusant la sympathie qui engourdissait sa colère. Je n'ai jamais réellement fait partie de ta vie.

— Tu étais toute ma vie !

Les mots avaient visiblement jailli sans que Cesare puisse les contrôler, vitaux, trop essentiels pour être censurés. Mais elle souffrait depuis trop longtemps.

— C'est n'importe quoi. Si j'étais toute ta vie ou quelque chose dans ce goût-là, tu ne m'aurais pas laissée partir…

Il ouvrit la bouche pour répondre mais elle le devança.

— Allez, ça suffit ! Le temps est écoulé. C'est à mon tour. Tu compartimentes ta vie, Cesare, et tu as essayé de faire ça avec moi. Quand tu t'es rendu compte que ça ne marchait pas, tu m'as laissée partir parce que tu ne voulais pas prendre le risque de me donner plus. Tu n'as aucune idée de l'enfer que j'ai vécu ces derniers temps, ou tu n'oserais pas te présenter à moi. Chaque seconde est une déchirure atroce. Je t'ai attendu, espéré, de toutes les fibres de mon corps. Chaque nuit, je me réveille et te cherche entre les draps. Je te vois partout. Cela fait deux semaines que je ne suis pas sortie. Je suis une loque. *Par ta faute, Cesare !*

Elle avait rugi la dernière phrase comme une lionne blessée.

Elle s'affaissa sur un tabouret, épuisée par sa tirade.

Quand il serait parti, elle pourrait pleurer tout son soûl. Il fallait juste qu'elle passe le cap.

Elle lui adressa un regard de reproche.

— Pars, s'il te plaît.

Mais Cesare ignora sa demande.

— Je suis allé en Alaska, fit-il, et j'ai pêché, et j'ai couru. Couru comme si cela allait me permettre de t'échapper, et bien sûr, c'était inutile puisque tu es là-dedans...

Il pressa la main sur sa poitrine.

— Tu étais partout avec moi, et un jour que je courais en me demandant ce que tu faisais, si je te manquais, si tu m'aimais encore ou si ton amour s'était tourné en haine, ce jour-là je suis tombé sur un grizzly. Deux mètres de haut, assez fort pour me casser en deux comme une brindille.

Elle écoutait en silence, le cœur lourd.

— Il n'était qu'à quelques mètres, poursuivit Cesare, et quand il s'est tourné vers moi, j'ai su que je n'avais aucune chance. Aucun homme n'en aurait eu... Et je me suis dit que s'il m'attrapait, au moins, cela m'éviterait une vie de malheur, à te regretter d'une façon qui me rendait fou. Tu avais raison, Jemima, tellement raison ! Le souvenir de la pauvreté m'a poursuivi toute ma vie. Pour m'assurer que jamais je n'y retomberais, j'ai travaillé comme un dément, à en devenir obsédé, stupide. Comment ai-je pu ignorer la plus belle fortune de ma vie, qui se tenait devant moi et me suppliait d'ouvrir les yeux sur notre relation ?

Elle ferma les yeux, laissant les mots cheminer en elle.

— Je n'avais jamais fait chanter une femme pour obtenir ses faveurs, Jemima, et j'ai passé les dernières semaines à me demander comment j'ai pu m'abaisser à cela avec toi. La réponse est simple : dès l'instant de notre rencontre, j'ai su confusément que je te voulais dans ma vie. Je ne savais pas comment t'en convaincre, et comme je ne pouvais envisager d'échouer, j'ai pris les moyens à ma disposition... Je ne comprenais pas ce que je ressentais. Tu t'es insinuée dans chacune de mes cellules, je le comprends à présent. *Christo, uccellina*, s'il te plaît, reviens-moi ! Je travaillerai chaque jour à regagner ta confiance, je t'écouterai, je ferai tout pour que tu ne repartes pas.

Elle leva les yeux et les planta dans les siens.

— Je n'ai jamais voulu qu'une chose de toi : t'aimer. C'est simple, en fait.

— Personne ne m'a jamais aimé, ma mère exceptée, et pour moi, c'est tout sauf simple. Terrifiant, à vrai dire, fit Cesare en s'approchant et lui prenant le visage entre ses mains. Personne n'a voulu de moi pour ce que je suis vraiment. On m'a apprécié pour ma réussite scolaire, puis pour ma fortune et mes succès en affaires mais tu es la première à m'aimer pour ce que je suis. Tu n'imagines pas à quel point cela peut faire peur. Tu m'as tant offert, à moi qui ne le mérite pas... Que se passera-t-il si tu t'en rends compte et que je te perds ? Je ne saurai comment te garder.

Elle étouffa un sanglot en pensant au garçonnet qu'on n'avait jamais reconnu pour ce qu'il était.

— Est-ce que tu m'aimes ?

— N'est-ce pas évident ? demanda Cesare, l'expression torturée.

Elle sourit : c'était ce qu'elle avait besoin d'entendre.

— Pas pour moi.

— Je t'aime, *si*. Depuis que j'ai posé les yeux sur toi.

— Alors, continue, et tu ne me perdras jamais, fit-elle en se levant, se haussant sur la pointe des pieds afin de poser un baiser sur ses lèvres. Et ne me blesse plus jamais, jamais.

— Je te le promets, fit-il en la prenant par les épaules et la maintenant à distance pour qu'elle puisse lire la sincérité dans ses yeux.

C'était tellement simple, tellement *lui* qu'elle le crut.

— Je t'aime, Jemima, et je prie le ciel que tu ne te lasses jamais de moi. Mais si cela devait arriver, je sais que je n'aurais plus qu'à aller m'agiter devant un grizzly. En tout cas, je suis prêt à prendre le risque.

— Je t'aimerai toujours, fit-elle en l'enlaçant. Tu le vaux bien...

— Voudras-tu bien m'épouser ?

Elle rit, car c'était bien dans sa manière de présenter les choses de cette façon.

— Aussi vite que possible ! À une condition cependant…

Il se figea, soudain en alerte, et elle sut qu'il lui faudrait une vie pour dissiper la noirceur de cette anxiété.

Elle sourit pour qu'il comprenne qu'elle plaisantait.

— Mon mari ne pourra pas travailler sept jours sur sept. Je réclame au moins les week-ends.

Le sourire de Cesare illumina son visage.

— Je te promets de travailler à partir de la maison le plus souvent possible. Et puis, j'ai des subordonnés. Quelqu'un de très intelligent m'a un jour suggéré de déléguer.

— Bonne idée.

— Oui, c'est une femme parfaite.

— La tienne, pour toujours.

— J'ai un cadeau de mariage pour toi, ma chérie.

Jemima étouffa un bâillement.

Il était tard. Leur mariage à Almer Hall avait été tout ce dont elle aurait pu rêver. Peu d'invités, une marquise dans le jardin, des fleurs et des bougies à profusion, tout avait été délicieux. Cesare les avait remmenés à Londres en hélicoptère, et ils étaient dans la résidence où ils avaient passé leur première nuit.

— Je n'ai besoin de rien, Cesare.

— Je sais, mais je peux difficilement le rendre. En fait, je l'ai acheté il y a quelque temps déjà. Considère cela comme un simple présent plutôt qu'un cadeau de mariage, si tu préfères, dit-il en sortant une petite enveloppe d'un tiroir.

La curiosité en éveil, elle tendit la main, et Cesare lui donna l'enveloppe.

Celle-ci était légère, ce ne devait pas être grand-chose de valeur… Elle en sortit une simple feuille de papier pliée en quatre.

Le titre de propriété d'Almer Hall ! Libre de toute dette !

Un frisson lui parcourut la colonne vertébrale.

— Cesare…

Il posa un doigt sur ses lèvres et lui montra de l'autre main la date à laquelle le titre avait été signé.

Il s'agissait du jour où elle avait quitté l'île de Giarda.

— Tu as fait cela après notre dispute, après mon départ ? fit-elle, les larmes aux yeux.

— Plus de larmes, Jemima, je ne veux plus te voir que sourire. Tes parents n'auront plus de soucis, tu n'en auras plus. C'était ce que je voulais, même après notre rupture.

— Tu n'y étais pas obligé, fit-elle en regardant la feuille comme pour se convaincre de son existence.

— Si. Tu avais besoin d'aide, et je pouvais te la fournir.

Le cœur de Jemima fit un bond. Le bonheur l'inondait.

— Et puis, reprenait-il, comme nous allons former une famille, nous pourrons y passer nos vacances…

— Tiens, tu te fais au mode de vie des aristocrates, plaisanta-t-elle pour le taquiner.

— Jamais !

Il se mit à rire, l'attira dans ses bras, et elle ne put s'empêcher de remarquer à quel point leurs deux corps se correspondaient. Il réclama ses lèvres, qu'elle lui donna en un soupir. Mais quand les mains de Cesare s'attaquèrent à la ceinture de son jean, elle se recula.

— Attends, murmura-t-elle, moi aussi, j'ai un cadeau. Mais ce n'est pas encore prêt. Ce sera livré dans sept mois environ.

— Qu'est-ce que c'est ?

— Je n'en suis pas sûre encore, fit-elle, mutine.

— Ma chérie, ce que tu dis n'a aucun sens… Tu commandes quelque chose, et tu ne sais pas ce que c'est ?

— C'est que… Je ne l'ai pas exactement commandé. En fait, cela vient autant de toi que de moi.

Cesare ouvrit tout grand les yeux alors qu'il comprenait enfin, et ses mains se portèrent vers le ventre de Jemima.

— Tu n'es pas… Tu ne veux pas dire que tu es…

Elle inclina la tête et posa la tempe contre sa poitrine.

— Si. Es-tu heureux ? fit-elle, guettant sa réponse.

— Aujourd'hui j'ai fait de la femme que j'aime plus que tout mon épouse, et à présent tu me dis que je vais devenir père ? Je crois que je ne pourrais pas être plus heureux ! Jamais je n'aurais cru l'être autant un jour, et je te le dois, *uccellina*. Tout ce qu'il y a de bon dans ce monde me vient de toi.

Retrouvez en septembre 2020,
dans votre collection

AZUR

Le fils caché d'un Sicilien,
de Michelle Smart - N°4246

Cela fait trois ans qu'Orla recherche le père de son fils chéri. Hélas, en raison de l'accident qui l'a rendue amnésique, elle est incapable de se rappeler son nom… Jusqu'au jour où Tonino Valente fait son apparition, au cours du mariage de sa sœur. Cet homme somptueux, Orla le reconnaît aussitôt, dans son âme, son cœur, son corps ! Dès lors, les souvenirs affluent à sa mémoire, dévastateurs. Ceux de leur rencontre et de la passion qui les a liés si intimement… Mais aussi celui de la trahison de Tonino…

Liaison avec le grand patron,
de Kate Hewitt - N°4247

Elle est enceinte… Mia attend un enfant d'Alessandro Costa, un homme qu'elle connaît à peine, un homme impitoyable. Son patron ! Alors qu'elle croyait n'avoir jamais plus rien à faire avec celui qui n'a pas hésité à la licencier froidement après leur unique nuit d'amour, la voilà liée à lui pour toujours ! Si le choc est intense, Mia pense d'abord à protéger son enfant en restant à distance. Mais lorsque quelques mois plus tard Alessandro découvre qu'elle a donné naissance à une petite fille, il fait de nouveau irruption dans sa vie, pour lui donner un ordre ultime : celui de l'épouser !

Dans les bras du prince de Santara,
de Michelle Conder - N°4248

Alexa, princesse héritière de Bérénia, a besoin de trouver un mari avant que son père lui en impose un. Et elle a déjà jeté son dévolu sur Rafaele al-Hadrid. Le prince de Santara possède en effet toutes les qualités requises. Hédoniste aux mœurs dissolues, il fuit tout engagement – et le mariage en particulier. Avec lui, au moins, les choses seront claires : il ne sera question entre eux que d'un arrangement temporaire qui, tout en renforçant les liens entre leurs deux pays, servira leur intérêt commun de rester libre. Hélas, si le plan d'Alexa est parfait en théorie, tout se complique lorsqu'un désir irrépressible la pousse dans les bras et dans le lit de son époux de façade…

Le fruit d'une nuit interdite,
de Chantelle Shaw - N°4249

S'il y a une femme sur Terre qu'Andreas Karelis n'a pas le droit de séduire, c'est bien l'innocente Isla Stanford. Pourtant, leurs retrouvailles sur une île paradisiaque de la mer Égée mettent à mal ses résolutions. Dans ce décor de rêve, où le vert de la forêt rivalise de beauté avec le bleu du ciel, comment résister à cette créature tout droit sortie de ses fantasmes ? Après une aventure aussi brève qu'intense, Isla sort de la vie d'Andreas, fort heureusement pour sa tranquillité d'esprit. Avant de lui révéler peu après qu'elle attend un enfant de lui : l'héritier des Karelis...

La maîtresse de Salvatore di Luca,
de Sharon Kendrick - N°4250

Fidèle aux traditions siciliennes, Lina travaille dur et se conduit de manière respectueuse. Mais, au grand dam de sa famille, elle repousse tous ses prétendants. Comment pourrait-elle se lier à un homme qu'elle n'aime pas ? Tous l'ignorent, mais un seul a le pouvoir de faire battre son cœur. Chaque fois qu'il est de passage à Caltarina, Salvatore di Luca éveille en elle un désir intense... mais interdit. Non seulement le séduisant milliardaire n'a aucune intention de s'établir sur l'île, mais surtout il n'a que faire d'une simple couturière comme elle. Du moins le croit-elle, avant qu'une rencontre fortuite les conduise à une liaison scandaleuse...

Éprise de son meilleur ami,
de Michelle Douglas - N°4251

Se marier avec son meilleur ami ? Voilà une idée curieusement tentante pour Sophie. Bien sûr, il ne s'agirait que d'une union de convenance entre eux, purement platonique : Will a besoin d'une femme pour hériter d'Ashbarrow Castle, le domaine familial ; quant à Sophie, elle manque d'argent pour se bâtir une nouvelle existence en Cornouailles. Rien de romantique, donc. Alors pourquoi ne peut-elle s'empêcher de s'imaginer au bras de Will... et dans son lit ? Tandis qu'elle s'efforce d'ignorer les élans de son cœur pour son irrésistible époux, Sophie comprend bientôt qu'elle a commis l'irréparable en tombant amoureuse de lui...

Noces à Manhattan,
de Susan Meier - N°4252

SÉRIE : *LES HÉRITIERS DE MANHATTAN* - 2/3

« J'ai besoin d'aide. » Face à Seth McCallan, le meilleur ami de son époux disparu, Harper n'a d'autre choix que de révéler sa détresse. Comment faire autrement, alors que sa petite fille et elle sont sur le point de se retrouver à la rue ? Bien sûr, elle aurait préféré tenir l'homme d'affaires new-yorkais à l'écart de ses problèmes, seulement il est son dernier recours... Or, à peine lui a-t-elle expliqué sa situation que Seth lui propose d'emménager chez lui avec son bébé. Une offre qu'elle accepte volontiers, tout en se jurant de garder ses distances avec celui qui, depuis des années, fait battre son cœur un peu trop vite...

La promise d'un cheikh, de Lynne Graham - N°4253

SÉRIE : *TROIS SŒURS À SÉDUIRE* - 3/3

Résolue à échapper quelque temps à sa famille surprotectrice, Zoe voyage vers le Maraban, un royaume du désert de toute beauté. Sitôt arrivée, hélas, elle est enlevée et conduite dans un campement au milieu de nulle part. Son salut, elle le doit au sublime Raj, qui se révèle être le prince héritier du pays. Sous son regard ardent, elle se sent vite rassurée… et désirée ! Mais sa liberté a un prix, Zoe ne tarde pas à le comprendre. Et, lorsque tous deux sont plongés dans un scandale politique, Raj exige d'elle qu'elle devienne son épouse…

Une danse à Venise, de Trish Morey - N°4254

SÉRIE : *PASSION AU PARADIS* - 4/6

Venise est envahie par une foule d'anonymes masqués, noyée dans un brouillard mystérieux… C'est là que Rosa, perdue, fait la rencontre d'un sublime inconnu. Lorsqu'il lui propose de l'accompagner au bal du carnaval, elle accepte, grisée par l'atmosphère de cette soirée féerique. Puis elle se laisse entraîner sur la piste de danse du *palazzo*, avant de gagner le lit de Vittorio, pour une nuit de délices. Une nuit censée être unique mais qui n'est pas sans conséquences. Peu après, Rosa découvre en effet qu'elle est enceinte et que son amant est prince !

Ce pacte si troublant, de Tara Pammi - N°4255

Pour se libérer de l'emprise de son beau-père, un homme manipulateur et violent, Neha sait qu'une seule personne peut l'aider : Leonardo Brunetti, le puissant P-DG de BFI. Cet homme ténébreux et arrogant – et qui la fait frissonner en secret depuis des années – est en effet le seul à pouvoir tenir tête à son beau-père et la sauver de ses griffes. Mais Leonardo acceptera-t-il sa folle demande : l'aider à commencer enfin une nouvelle vie en lui faisant l'enfant dont elle rêve ?

Un baiser enivrant, de Kim Lawrence - N°4256

Quand le sublime Draco Morelli lui propose de l'embrasser pour rendre jalouses les trois pestes qui se moquent d'elle depuis le lycée, Eve accepte sans hésiter – pour le simple plaisir de les voir se consumer d'envie. Mais le baiser passionné de Draco lui fait rapidement oublier ses désirs de vengeance. Ce qu'elle veut à présent, c'est lui et rien d'autre. Aussi, quand, après une première nuit de passion, leur aventure semble évoluer vers une véritable histoire d'amour, Eve est-elle ivre de bonheur. Un bonheur hélas de courte durée. Car elle ne tarde pas à découvrir que Draco l'a piégée. S'il a besoin d'une femme dans sa vie, c'est uniquement pour conserver la garde de sa fille…

Composé et édité par HarperCollins France.

Achevé d'imprimer en juillet 2020.

CPi

BLACK PRINT

Barcelone

Dépôt légal : août 2020.

FSC
www.fsc.org
MIXTE
Papier issu de sources responsables
FSC® C108412

Pour limiter l'empreinte environnementale de ses livres, HarperCollins France s'engage à n'utiliser que du papier fabriqué à partir de bois provenant de forêts gérées durablement et de manière responsable.

Imprimé en Espagne.